전생에
못다 한 인연,
방울 되어
이으려네

전생에 못다 한 인연,
방울 되어 이으려네

초판 1쇄 펴낸날 · 2010년 3월 15일
재판 1쇄 펴낸날 · 2012년 4월 16일
재판 6쇄 펴낸날 · 2020년 8월 3일

풀어쓴이 · 서명희 | 그린이 · 이수진
기획 · <국어시간에 고전읽기> 기획위원회, 간텍스트
펴낸이 · 김종필
편집장 · 나익수

디자인 · 간텍스트 | 아트디렉터 · 남정 | BI디자인 · 김형건
인쇄 · 현문인쇄(인쇄) / 최광수(영업)
종이 · (주)한솔PNS 강승우
출고, 반품 · (주)문화유통북스 박병례, 한영미, 임금순

펴낸곳 · (주)도서출판 나라말
출판등록 · 제25100−2017−000044호
주소 · 03421 서울시 은평구 역촌동 83−25 정라실크텔 603호
전화 · 02 − 332−1446 | 전송 · 0303−0943−3110
전자우편 · naramalbooks@hanmail.net

값 · 9,500원
ISBN 978−89−968515−6−1 44810
      978−89−968515−0−9 (세트)

＊이 책의 국립중앙도서관 출판시 도서목록(CIP)은 e−CIP 홈페이지(http://www.nl.go.kr/ecip)와
  국가자료공동목록시스템(http://www.nl.go.kr/kolisnet)에서 이용하실 수 있습니다.
  (CIP 제어번호 : CIP2012001644)

＊잘못된 책은 바꾸어 드립니다.

전생에
못다 한 인연,
방울되어
이으려네

서명희 풀어씀 ── 이수진 그림

나라말

〈국어시간에 고전읽기〉를 펴내며

『춘향전』은 '어사출두요!' 하는 장면. 『구운몽』은 성진이 꿈에서 깨어나는 장면.

거기서 끝이 나 버린다. 교과서는 지면의 한계가 있고 수업은 진도에 쫓기다 보니 국어 시간에 읽는 고전은 그렇게 끝나 버리는 경우가 많았다. 춘향이를 보고 첫눈에 반한 이몽룡이 얼마나 안절부절못했는지, 한양으로 떠나는 이몽룡을 붙들고 춘향이가 얼마나 서럽게 울었는지 모른 채 『춘향전』의 주제는 '신분을 초월한 사랑을 통해 드러나는 인간 해방 사상'이라고 가르치고 배웠다. 내가 성진이 되어 양소유로 환생한다면 어떤 근사한 삶을 살아 보고 싶은지 상상의 나래를 펼쳐 볼 기회도 없이 『구운몽』은 '몽유 구조라는 전통적인 액자 형식'으로 되어 있다고 가르치고 배웠다.

이제는 국어 시간에 제대로 고전을 읽어 볼 수 있었으면 좋겠다. 제대로 읽으려면 어떻게 해야 할까? 낯설고 어려운 옛말을 현대어로 풀이하고 밑줄을 그으며 분석하는 데만 골몰할 것이 아니라, 먼저 이야기 자체에 푹 빠져 보는 것이다. 고전은 오랫동안 많은 사람들에게 감명을 주며 오늘날까지 전해져 온 유산이기에 시간과 공간을 초월하여 즐거움과 깨달음을 전해 주는 보편성을 가지고 있다. 한편으로는 오늘날의 삶이 아닌 과거의 삶에서 피어난 이야기이기에 현대인이 경험해 보지 못한 새로운 세계를 펼쳐 보여 주는 특수성도 가지고 있다. 그러므로 고전은 어렵고 낯설고 지루한 것이 아니라, 즐겁고 신선하고 지혜로 가득 찬 것이라 할 수 있다.

대문호 셰익스피어의 작품들은 영국의 고전을 넘어서서 세계의 고전으로 칭송받고 있다. 영국에서는 그런 셰익스피어의 작품들이 널리 읽힐 수 있도록 옛말로 쓰인 원작을 청소년들이 읽을 수 있는 쉬운 현대어로, 어린아이도 읽을 수 있는 아주 쉬운 동화로 거듭 번역해서 내놓는다. 그리하여 셰익스피어의 작품들은 책이나 연극으로는 물론 만화로도, 영화로도, 드라마로도 계속해서 다시 태어나고 있다.

그런 희망을 담아 〈국어시간에 고전읽기〉를 펴낸다. 우리 고전을 사랑하는 사람들의 손을 거쳐 벌써 여러 작품이 새롭게 태어났다. 고전의 품위를 훼손하지 않으면서도 청소년들이 어렵지 않게 이해할 수 있는 말을 골라 옮겼고, 딱딱한 고전이 아니라 한 편의 아름다운 이야기로 독자들에게 다가가기 위해 새로운 제목을 붙였으며, 그 속에 녹아 있는 감성을 한층 더 생생하게 전할 수 있도록 정성스러운 그림들로 곱게 꾸몄다. 또한 고전의 세계를 여행하는 데 도움을 줄 '이야기 속 이야기'도 덧붙였다.

〈국어시간에 고전읽기〉와 함께 국어 시간이 고전의 바다에 풍덩 빠져 진주를 건져 올리는 시간이 되기를 바란다.

〈국어시간에 고전읽기〉 기획위원회

『금방울전』을 읽기 전에

『금방울전』을 아시나요? 아마 어린 시절에 그림책이나 동화책에서 예쁜 아가씨로 변하는 금방울 이야기를 읽어 본 친구들이 제법 많을 것입니다. 금빛 광채를 띠고, 또르르 맑은 소리를 내며 굴러다니는 신비한 힘을 지닌 금방울 이야기는 어린이들을 매혹시키기에 충분하지요. 하지만『금방울전』이 애초부터 어린이나 청소년들을 위한 이야기로 쓰인 것은 아닙니다. 여러 관련 자료들을 살펴보면, 이 이야기는 대략 17세기 중엽에서 18세기 초 사이에 만들어진 것으로 추측됩니다. 처음엔 '방각본' 소설로 간행되었지요. 방각본이란, 손으로 베끼는 것이 아니라 목판에 새겨서 여러 권을 한꺼번에 찍어 낸 것으로 상업적 목적을 가지고 있었습니다. 그러니 어느 정도 인기가 있고, 수요가 형성되어 있어야 방각본으로 만들어질 수 있었지요.『금방울전』은 방각본 4종과 손으로 베껴 쓴 필사본, 그리고 10종이 넘는 활자본으로 만들어지고 유통되었으니, 조선 후기에 상당히 인기 있는 소설이었던 셈이지요.

금방울은 원래 용궁의 공주였는데, 이웃 용궁의 왕자와 결혼하여 시댁으로 가는 도중에 무시무시한 요괴를 만나 죽게 됩니다. 옥황상제가 보기에도 너무나 안타깝고 짧은 삶이었기에, 공주는 '금방울'로, 왕자는 장원의 아들 '해룡'으로 다시 태어납니다. 해룡은 목숨이 위태로운 지경에 처하기도 하지만, 금방울의 도움으로 고난을 헤쳐 나가게 되지요. 그리고 마침내 아름다운 여인으로 변신한 금방울과 부부의 연을 맺게 됩니다. 『금방울전』에서 무엇보다 눈에 띄는 요소는, 용궁의 어여쁜 공주님이 금방울로 환생했다가 시련을 극복하고 난 뒤에 껍데기를 벗고 아름다운 여인으로 변신한다는 것입니다. 신비한 존재나 변신이라는 모티프는 오랫동안 많은 사람들의 흥미와 관심을 끌어 온 이야깃거리이기 때문입니다. 게다가 사람도 동물도 아닌 데굴데굴 굴러다니는 금방울이라니요. 또 이 금방울은 신기한 능력으로 온갖 조화를 부리면서 자기를 지키고, 자신의 배필인 해룡을 도와주고 이끌어 주기까지 합니다. 흥미진진하고 기이한 이야기 속에 가족애와 사랑 이야기가 담겨 있고, 진실하게 살아가는 것이 얼마나 가치 있는 일인지에 대해서도 말하고 있으니, 우리 조상들의 마음을 사로잡을 수밖에 없었을 것입니다.

　어린 시절에는 금방울이 데굴데굴 굴러 와 도술을 부리는 것이 마냥 신기해서 이야기 속으로 빠져들었을 것입니다. 하지만 청소년이 된 여러분은 『금방울전』에서 무엇을 읽어 낼 수 있을까요? 이야기는 우리들의 꿈을 대신 담아 표현해 주기도 하고, 우리들 삶의 길잡이가 되어 주기도 합니다. 그럼 어떤 생각과 느낌을 얻게 될지 기대하면서, 이 책의 첫 장을 펼쳐 보시기 바랍니다.

서명희

이야기 차례

●●● 〈국어시간에 고전읽기〉에는 이야기의 재미와 이해를 돕기 위한
'이야기 속 이야기'가 함께합니다.

이때 문득 서남쪽으로부터
금빛 덩어리가 둥둥 떠서 다가왔다.

자세히 보니 금령이 불길을 무릅쓰고
들어오는 것이 아닌가.

금령이 장 원수의 앞에 이르러 찬바람을 불어 버려,
　　연기와 불꽃이 장 원수의 앞에는 미치지 못하고
다른 방향으로 물러갔다.

장 원수가 금령을 보고 반가운 마음을 이기지 못하여
손으로 어루만지며 말하였다.

"여러 차례 나를 살려 준 은혜를 생각하니,

　태산이 오히려 가볍고 바다와 강이 오히려 얕으리로다.

이 은혜를 어찌 다 갚을 수 있으리오?"

자비를 베풀어
소자를 구해 주소서

때는 원나라 말, 한림원 벼슬을 하던 장원이라는 사람이 있었다. 원나라가 망하고, 남경에 명나라가 서니, 나라 곳곳에서 반란이 일어나 시절이 몹시 어지러웠다. 장원 또한 난을 피하여 태안주 이릉산에 가서 숨어 살았다. 하루는 장원이 잠을 자는데, 꿈에 남전산 신령이 나타나 말하였다.

"불길한 운이 이르렀도다. 조만간 큰 화가 닥칠 것이니 서둘러 도망가야 하리로다."

꿈이 하도 생생하여 마치 생시같이 느껴졌다. 장원이 일어나 둘러보았으나 신령은 온데간데없었다. 장원은 부인 가씨를 깨워 꿈 이야기를 전하고, 즉시 부인과 함께 간단한 짐을 꾸려 그길로 달아났다.

장원 부부는 밤새 피란길에 올라 마침내 산길에 접어들었다. 어둑한 새벽녘, 걸음을 재촉하며 산길을 걷는 부부 앞에 문득 비바람이 일어났다. 부부가 멈칫거리는데 웬 붉은 옷을 입은 사내아이가 갑자기 눈앞에 나타났다. 부부가 처음 보는 소년이었는데, 몹시 다급한 태도로 달리듯 구르듯 장원 부부에게 다가와 호소하였다.

"부인, 제 목숨이 눈 깜빡할 사이에 달려 있사옵니다. 부탁하건대 자비를 베풀어 소자를 구해 주소서."

가 부인이 놀라서 눈을 크게 떴다.

"선동의 위급한 처지란 무슨 일 때문이며, 우리가 무슨 수로 그대를 구해 줄 수 있겠소?"

소년이 마음이 다급하여 발을 동동 구르며 말하였다.

"소자는 동해 용왕의 셋째 아들입니다. 남해 용왕의 딸과 혼인하여 친영길에 올랐는데, 동해호 위에서 남선진주라고 하는 요괴를 만났습니다. 요괴가 용녀를 잡아가려 하기에 저희 내외는 죽기를 각오하고 함께 싸웠습니다. 그러다가 용녀는 힘이 다하여 그만 죽고 말았습니다.

※ **한림원**(翰林院) — 중국에서 당나라 이후 주로 조서(황제의 명령을 일반에게 알릴 목적으로 적은 문서)를 꾸미는 일을 맡아보던 관아.

※ **선동**(仙童) — 선경에 살면서 신선의 시중을 드는 아이를 말한다. 여기서는 소년을 고상하게 높여 부르는 말로 쓰였다.

※ **친영**(親迎) — 우리나라에서 전통적으로 내려오는 혼인의 여섯 가지 예법 중 하나로, 신랑이 신부 집에 가서 신부를 직접 맞이하는 의식이다.

저 또한 미약한 힘으로 대적하다가 더 이상 신통을 부릴 수 없는 지경이 되었습니다. 달아나고 있으나 용궁이 멀어 아직 들어가지 못하고, 인간 세상으로 밀려 나왔습니다. 요괴가 바로 뒤에서 쫓아오고 있으나, 기운이 다하여 더 이상 달아날 곳이 없습니다. 불쌍히 여기소서. 부인께서 허락하시어 잠깐만 입을 벌려 주신다면 피할 방법이 있사오니 부디 헤아려 주소서. 뒷날 이 은혜는 절대로 잊지 않겠나이다."

가 부인은 난처해하다 어쩔 수 없이 눈을 감고 입을 벌려 주었다. 용왕의 아들은 몸을 흔들더니 붉은 기운이 되어 부인의 입으로 훌쩍 날아들었다. 부인이 그 기운을 삼키고는 숨을 크게 내쉬며 눈을 떴다. 앞을 보니 천 리에 이르도록 안개가 아득히 어리어 있고, 사나운 바람이 일며, 괴이한 소리가 진동하였다. 장원 부부는 급히 바위틈에 몸을 숨기고 숨을 죽였다.

얼마나 지났을까. 이윽고 바람이 그치고 고요해졌다. 그 사이 떠오른 아침 해가 나뭇가지 사이로 밝게 비쳐 들었다. 부부는 숨었던 자리에서 나와 간신히 길을 찾아 산길을 내려왔다. 이들이 다다른 곳은 태안 땅 안당주 접경 지역이었다. 두메산골이었지만 마을 사람들이 부유하게 살고 인심도 후한 곳이었다. 작은 산골 마을인데도 절개를 지키는 선비들이 제법 많이 살고 있었다. 또 살신성인(殺身成仁)하고자 하는 사람이 많아 어려움에 빠진 사람들이 있으면 구해 주는 것이 마을의 분위기였다. 장원이 비록 피란하는 처지였으나 행동거지가 단정하며 말씨가 온화하고 공손한 것을 보고는 마을 사람들이 곧 좋아하게 되었다. 어떤 사람은 집터를 빌려 주고, 또 어떤 사람은 농사를 나누어 짓게 해 주기도 하며 장원이 마을에 정착할 수 있도록 도왔다. 또 장원의 학식이 뛰어남을 알고 자식 있는 사람들은 다투어 자기 자식을 장원에게 보내 공부시키고자 하였다. 사정이 이러하였으므로 장원은 낯선 산골에 흘러들어 와서도 생계에 부족함이 없었다. 오히려 사람들로부터 존경을 받아 '산인(山人)'이라 불렸다.

장원은 살아가는 데 부족함이 없었으나, 대를 이을 아들이 없어 번번이 허전해하였다. 그러던 어느 날 장원이 신기한 꿈을 꾸었다. 문득 하늘과 땅이 캄캄해지더니, 구름 속에서 청룡이 날아 내려와 검은 비늘 껍데기를 벗고 선인(仙人)으로 변하는 것이었다. 그 선인이 장원 앞으로 다가와 말하였다.

"내 자식이 위급한 때에 목숨을 구해 주어 그 은혜를 잊을 수 없었는데, 그동안 갚을 방법을 알지 못하였노라. 지난번에 자식의 일로 마음에 맺힌 억울함을 아뢰고자 옥황상제께 올라간 적이 있는데, 그때 마침 옥제께서는 여러 공문을 보고 받으시며 억울한 일들을 살펴 처결하고 계셨느니라. 옥제를 뵙고 탄원을 마칠 즈음에 문득 보니, 나의 며느리가 되자마자 요괴에게 죽임을 당한 남해 용녀의 원혼도 옥제께 억울함을 호소하고 있더니라. 옥제께서는 우리의 일을 함께 들으시고 매우 불쌍히 여기시어, 아들 부부로 하여금 못다 한 정을 맺을 수 있도록 다시 인간 세상으로 내보내라고 처결해 주

셨도다. 마침 내가 옥제께 청하여 그대에게 내 아들을 보내기로 하였으니 기꺼이 받아들여 은혜로운 인연을 이어 가길 원하노라."

그러고는 문득 선인이 온데간데없이 사라져 버렸다. 장원이 깜짝 놀라 다시 바라보니, 잠시 동안 꾼 꿈이었다. 장원이 부인에게 꿈 이야기를 하고는 남몰래 속으로 기뻐하며 기대하였다. 과연 그달부터 가 부인에게 태기가 있더니, 열 달이 찬 후 옥동자를 낳았다. 옥동자의 얼굴은 남전산에서 보았던 선동과 닮은 데가 있어 보였다. 비록 강보에 싸인 아기지만 용모가 위엄 있고 기질이 뛰어나, 이름을 '해룡'이라 하고 자를 '응천'이라 하였다.

※ 자(字) — 본이름 외에 부르는 이름으로, 예전에는 이름을 소중히 여겨 함부로 부르지 않는 관습이 있어서 성년이 된 뒤에는 흔히 본이름 대신 자를 불렀다.

어린아이가 부모를 잃고 울고 있거늘

예나 지금이나 좋은 일에는 흔히 마가 낀다고 한다. 이즈음 천자가 하늘의 명을 받아 제위에 오르고 명나라를 이루었지만, 나라가 완전히 안정되지는 못하였다. 이런 때를 틈타 스스로 위나라 왕이라고 하는 자, 또 조나라 왕이라고 하는 자 들이 남에서 서에서 마구 일어나 노략질을 하였다. 그러니 나라 전체가 흔들려 피란하는 백성들이 길을 메울 정도로 많았다.

두메산골에까지 도적들의 발이 미치니, 장원도 급히 피란길에 오르게 되었다. 장원 부부가 해룡을 번갈아 업고 달아나는데, 산길에서 도적들이 바짝 추격해 와서 매우 위급한 지경에 이르렀다. 아이를 업고 도망하려니 기운이 다하여 더 이상 발걸음을 옮기는 것조차 어려웠다.

가 부인이 주저앉아 눈물을 흘리며 말하였다.

"우리가 다 함께 살고자 한다면 결국 다 같이 죽게 될 것입니다. 상공께서는 우리 모자를 잠깐 버리시고 몸을 피하십시오. 만일 우리 모자가 죽음을 당한다면 불쌍히 여기시어 나중에 시신이나 거두어 묻어 주소서."

그러나 장원은 차마 처자를 버리고는 걸음을 뗄 수가 없었다. 부인을 잡아 일으켜 부축하고 격려하면서 조금씩 앞으로 나아갔다. 장원의 가족이 산모퉁이를 도는데 도적 떼가 점점 가까이 몰려오는 소리가 들렸다. 죽음이 시시각각 다가오니, 장원 부부는 산길에 서서 어찌할 바를 모르고 쩔쩔맸다. 마침내 장원이 무겁게 입을 열었다.

"해룡을 두고 갑시다. 어린아이이니 설마 해치기야 하겠소? 해룡을 데리고는 걸음이 어려우니, 우리가 빨리 달려 잠시 숨었다가 저들이 지나가고 나면 다시 돌아와 해룡을 찾는 것이 좋지 않겠소? 지금은 그 외에 방도가 없을 듯하오."

가 부인이 눈물을 흘리며 애통해하였으나 그것밖에는 달리 도리가 없다는 것을 알았다. 부인은 할 수 없이 해룡을 길가에 앉히고 달래며 말하였다.

"우리가 아주 잠깐 동안 산길에 다녀올 것이니, 이 과일을 먹으며 앉아서 기다리고 있어라. 아무 일 없을 것이다."

해룡이 울면서 저도 함께 가자고 하거늘, 장원이 곧 돌아오마고 좋은 말로 달래고는 부인을 재촉하여 일어났다. 하지만 해룡을 두고 달아나려니 장원 부부의 발길이 차마 떨어지지 아니하였다.

한 걸음에 돌아보고 두 걸음에 돌아보며 걸음마다 돌아보니, 해룡이
울면서 부모를 부르는 소리가 차마 듣고 있기 힘들 정도였다.

잠시 후 도적 떼가 해룡이 앉아 있는 곳에까지 이르렀다. 이들은 해룡을 보고 죽이려 하였는데, 도적 중에 장삼이란 사람이 나와서 말렸다.

"어린아이가 부모를 잃고 울고 있거늘, 무슨 죄가 있다고 죽이려 하는가?"

장삼은 아이를 업고 대열 뒤쪽에서 걸어가면서 마음속으로 여러 생각을 떠올렸다.

'내 일찍 저들의 위세에 눌려 내 뜻과 달리 도적의 무리에 들어왔다. 하지만 노략질과 살상이 어찌 내 본심이겠는가? 또 이 아이를 보니 훗날 반드시 귀하게 될 모습이로구나. 이때를 타서 도적의 무리에서 달아나자. 숨어 살면서 이 아이를 길러 훗날을 기약하는 것이 옳은 일 아니겠는가?'

장삼은 점점 뒤처져 천천히 걷다가 마침내 대열에서 달아나 강남 고군으로 갔다.

한편, 장원 부부는 달아나 숨어 있다가 조용해지자 다시 아까의 길로 돌아가 해룡을 찾았다. 하지만 해룡이 앉아 있던 자리에는 아무도 없었다. 그 사이에 해룡이 없어져 버린 것이다. 사방으로 찾아다녔으나 자취조차 알 길이 없었다.

"아이고, 잠시 생각을 잘못하여 해룡을 잃고 말았구나. 어찌 이런 일이 다 있단 말인가."

부인이 가슴을 치며 큰 소리로 몹시 슬프게 울었다.

"해룡을 아주 잃을 줄 알았더라면 무

슨 표시라도 해 두어서 후일에 알아보게 할 것을……. 급작스러운 사이에 생각지도 못하고 있다가 아이를 잃게 되었으니, 혹시 나중에 어디서 다시 만나게 된다 한들 내 아들을 어찌 알아보리오."

부인이 더욱 서럽게 울자 장원이 여러 말로 위로하였다.

"해룡의 등에 난 붉은 사마귀가 북두칠성 모양을 이루고 있으니 어찌 몰라보겠소? 부인은 너무 염려하지 마시오. 반드시 찾을 수 있을 거요."

부부는 슬픔을 머금고 온 산길을 헤매었으나 해룡을 찾지 못하였다. 그러다 그만 조나라 장수 위세기에게 포로로 붙잡히고 말았다. 장원이 잡혀 군막에 들어가니, 장수가 장원의 뛰어난 기상과 위엄 있는 행동을 보고 평범하지 않은 사람일 것이라 여기어 묶인 줄을 풀어 주었다. 그리고는 가운데 자리로 올라와 회의에 참석하기를 권하였다. 과연 장수가 일을 의논하면서 장원의 사람됨을 살펴보니, 의지와 기개가 서로 잘 맞았을 뿐만 아니라 언행이 부드럽고 공손하였다. 장수는 장원을 그 자리에서 즉시 참모로 삼았다. 그 후 장원이 올린 방책으로 인하여 이웃한 땅 수천 리를 얻게 되었다. 이에 장원의 공로를 인정하여 남서쪽에 작지만 좋은 땅을 골라, 그곳을 다스리며 한가로이 살게 하였다.

이에 장원 부부는 뇌양현으로 옮겨 가 그곳을 다스리며 살았다. 뇌양현은 서쪽 촉나라의 경계 지방으로 산천의 지세가 험하고 가파른 탓에 백성들이 난리를 겪지 않은 곳이었다. 장원이 부임한 후로 정사(政事)를 공평하게 처리하니, 일대가 평안해지고 백성들의 즐거워하는 노랫소리가 멀리까지 미치게 되었다.

금방울로 다시 태어난 용녀

　같은 시대 조계촌이라는 곳에 김삼랑이라는 사람이 살았다. 김삼랑은 호방하고 의협심이 있으나, 행실이 좋지 못한 인물이었다. 그는 부인 막씨를 얼굴이 예쁘지 않다는 이유로 박대하였다. 그러고는 조씨 여자를 취하여 집으로 돌아오지 않고 그곳 백성이 되어 눌러 살았다. 하지만 막씨는 조금도 남편을 원망하거나 서러워하지 않고, 늙은 시어머니를 지극한 정성으로 봉양하였다. 가난하여 남의 집 종노릇을 해 주고 벌어 온 것으로 시어머니를 모시고 살았다. 여러 해를 그렇게 지낸 뒤 시어머니는 연로하여 돌아가셨다. 막씨는 밤낮으로 애통하게 곡하고 예법에 따라 장사를 치른 후, 시어머니를 선산에 안장하였다. 또한 이에 그치지 않고 묘 곁에 초막을 짓고 밤낮으로 극진히 지켜 삼년상을 마쳤다. 이후로도 십여 년을 한결같은 마음으로 정숙하게 살아갔다. 옛날에는 효부가 많았다고 하나 막씨를 따라올 만한 사람은 없었다.

어느 날 막씨가 초막에서 꿈을 꾸었다. 몸이 공중으로 떠올라 어떤 곳에 이르렀는데, 산천이 빼어나게 아름답고 풍경이 맑고 깨끗한 세계였다. 막씨가 한번 두루 돌아보니 머리가 하얗게 센 노인이 사방에 앉아 있었다. 그 앞으로 감히 나아가지 못하고 주저하고 있는데, 옆에서 한 사내아이가 나와서 일렀다.

"우리 사부께서 옥황상제의 명을 받아 그대에게 전할 것이 있으니, 어서 나아가 뵈소서."

그제야 막씨가 머뭇거리며 앞으로 나아갔다. 나가 보니 노인 네 사람이 각각 네 방향에 앉아 있다가, 막씨를 보고 말하였다.

"그대의 큰 절개와 지극한 효를 옥황상제께서 아시고, '크게 상을 내리라.' 하셨노라. 그래서 자식을 갖게 해 주고자 하였는데, 그대의 남편이 난중에 죽은지라 옥제께 이 사실을 아뢰었더니 우리더러 '좋을 대로 하라.' 하시었도다. 그런데 얼마 전에 남해 용녀와 동해 용자가 젊은 나이에 갑자기 원통하게 죽은 일이 있었느니라. 그 일의 억울함을 고하였더니 옥제께서 그것도 우리에게 '잘 처리하라.' 명하셨도다. 마침 좋은 자리가 있어 용자를 보내기로 하였는데, 아직 용녀의 거처는 정하지 못하고 있었느니라. 그러니 이제 그대에게 용녀를 주어 그대의 딸이 되게 하리라. 운명에 정한 바 있어 십육 년 후에야 딸의 얼굴을 보게 되리니, 지금 자세히 보았다가 후일에 알아볼 수 있도록 하라."

말을 마치고 공중을 향하여 용녀를 부르니, 이윽고 선녀가 내려와 막

씨 앞에 섰다. 막씨가 보니 세상에서 보기 드문 뛰어난 미인이었다. 막씨는 선관의 말을 듣기는 했으나, 도무지 어찌 돌아가는 일인지 몰라 정신을 차릴 수 없었다.

붉은 옷을 입은 선관이 먼저 선녀에게 일렀다.

"나는 특별히 줄 것은 없고, 다만 너에게 봄, 여름, 가을, 겨울의 사계절을 마음대로 부리는 힘을 주겠노라."

소매 안에서 다섯 가지 빛깔의 비단을 내주며 말을 이었다.

"십육 년 후에 다시 찾을 때가 있으리니, 그때 도로 보내라."

또 푸른 옷을 입은 선관이 부채를 주며 말하였다.

"이것을 가지면 천 리라도 하루에 갈 수 있으리라. 쓰고 나중에 찾거든 즉시 전하라."

흰 옷을 입은 선관은 붉은 부채를 주며 말하였다.

"이것을 가지면 바람과 안개를 부릴 수 있나니, 이후에 찾거든 돌려보내라."

또 검은 옷을 입은 선관이 웃으면서 말하였다.

"나는 줄 것이 없으니 힘을 빌려 주리라. 이후에 보내라."

검은 기를 주니, 선녀가 모두 다 받아 가지고 막씨를 한번 돌아보고는 공중을 향해 날아가려 하였다. 이때 문득 학 울음소리가 나며 황금빛 옷을 입은 선관이 학을 타고 내려와 앉았다.

"막씨에게 주기로 한 상은 어찌하였으며, 용녀의 거처는 어찌하기로 하였는가?"

여러 선관이 대답하여 말하였다.

"여차여차하였노라."

그러자 황금빛 옷을 입은 선관이 눈썹을 찡그렸다.

"그렇게 한다면 아비 없는 자식이 될 것이니, 효부가 바라는 바가 아닐 것이오. 여차여차하게 한다면 하늘의 뜻을 세상이 알게 될 것이요, 어미와 딸 사이의 윤리와 기강도 세울 수 있을 것이라."

이 말에 여러 선관들이 모두 옳다고 고개를 끄덕이며 뜻을 모았다. 일이 결정되자 여러 선관들은 저마다 오색구름을 타고 순식간에 흩어져 가 버렸다. 막씨가 몹시 놀라고 어리둥절하여 돌아서서 사방을 바라보았다. 선인의 자취는 이미 구름과 안개 속으로 사라지고, 깊은 골짜기와 수많은 산봉우리에서 떨어지는 폭포 소리만 들릴 뿐이었다.

막씨는 묘한 기분으로 돌아오다가 미끄러졌는데, 문득 남가일몽이었음을 깨달았다. 그리고 꿈의 일을 찬찬히 기억해 보니, 자기 남편이 죽었다는 생각이 들었다. 그리하여 막씨는 시신 없는 빈 위패를 모시고 제사를 지내며 슬퍼하였다.

막씨가 하루는 시름에 잠겨 앉아 있는데, 홀연 음산한 바람이 한바탕 몰아치더니 초막 앞에 한 사람이 서 있었다. 자세히 보니 죽은 줄 알고 있었던 삼랑인지라 깜짝 놀라 물었다.

※ 남가일몽(南柯一夢) — 꿈과 같이 헛된 한때의 부귀영화를 이르는 말. 중국 당나라의 순우분(淳于棼)이라는 사람이 술에 취하여 홰나무의 남쪽으로 뻗은 가지 밑에서 잠이 들었는데, 괴안국(槐安國)의 부마가 되어 남가군(南柯郡)을 다스리며 20년 동안 영화를 누리는 꿈을 꾸었다는 데서 유래한다. 여기서는 그냥 '꿈'이라는 의미로 쓰였다.

"당신이 나를 버리고 나간 지 거의 수십 년이 지났습니다. 간 곳을 몰라 걱정하며 애타게 기다렸는데, 꿈에 신령이 이르기를 난중에 죽었다고 하였습니다. 꿈속의 일을 믿을 것은 아니지만, 대화가 생시같이 선명하여 의심이 되지 않았습니다. 이에 빈 위패를 모시고 상을 치렀는데 오늘 이렇게 돌아오시다니……. 진정 살아서 돌아오신 것입니까? 그런데 알지 못하겠습니다. 어찌 이 깊은 밤에 오셨으며, 당신의 자취가 분명하지 못함은 무슨 까닭인지요?"

삼랑이 목이 메어 겨우 답하였다.

"내가 과연 그대의 진심과 덕을 모르고 지난날 밖으로만 방탕하게 나돌았소. 그대의 큰 절개를 모르고 박대하여, 그 죄로 하늘의 벌을 받아 난중에 죽고 말았소이다. 나는 다음 세상에 가서도 역시 죄인인 몸이오. 비록 내 잘못을 깨달았으나 이미 어찌할 도리가 없이 되어, 귀신의 무리에도 들어가지 못하고 음산한 바람이 되어 방황하였소. 그런데 그대가 나를 위하여 향을 피우고 정성껏 제사를 지내 주니 내 어찌 부끄럽지 않겠소? 비록 유명은 다르나 고맙고 감격스러운 마음을 표하고자 이렇게 찾아왔소."

두 사람은 마치 생시와 다름없이 이야기를 나누었다. 그날 이후 삼랑은 종종 왕래하였고, 그중에 막씨와 친밀함이 있었다.

그러던 어느 날 막씨가 갑작스럽게 배앓이를 하더니, 마치 배 안에 아이가 노는 듯하며 배가 점점 불러 왔다. 막씨가 내심 괴이하게 여기고 행여 남이 알까 근심하였다. 열 달이 되자 산기가 있어 거처하던 무덤가 초막에 엎드려 있다가 아이를 낳았다. 그런데 막씨가 돌아보니, 낳아 놓은 것이 아이가 아니요 방울 같은 것인데 금빛이 찬란하였다.

막씨가 이 모습을 보고 크게 놀라 괴이하게 여기며 근심하였다. 조심스레 다가가 손으로 눌러 보니 터지지 아니하고, 이를 악물고 돌로 짓쳐도 깨지지 아니하였다. 집어다가 멀리 버리고 돌아보니, 방울이 굴러 따라왔다. 더욱 의심하는 마음이 일어 집어다가 깊은 물에 넣고 돌아오니, 또 방울이 따라왔다. 다시 집어다가 이번에는 아주 단단히 빠뜨려 놓고 지켜보았다. 그랬더니 물 위에 동동 떠다니다가 막씨가 가는 곳을 보고 여전히 굴러서 따라오는 것이 아닌가.

'내 팔자가 기구하여 이 같은 괴물을 낳았구나. 어찌하면 좋을까? 나중에 반드시 큰일을 당하리로다.'

막씨가 마음을 굳게 먹고, 불을 땔 때 방울을 아궁이에 넣고 지켜보았다. 그러자 불이 거세게 타올라 불꽃이 다 사그라지도록 아무 기미가 없었으므로 '이젠 되었나 보다.' 하며 기뻐하였다. 그런데 닷새 후에 재를 헤쳐 보니, 방울이 상하기는커녕 빛이 더욱 씩씩하고 향내가 진동하였다. 막씨는 어떻게 할 도리가 없어 그냥 두고 보았다. 그랬더니 방울이 밤이면 품속에 들어와서 자고, 낮이면 굴러다니며 집 떠나온 새를 잡아오기도 하며, 때로는 나무에 올라가 과일을 따 가지고 오기도 했다. 막씨가 자세히 보니, 방울이 속에서 실 같은 것을 내밀어 온갖 것을 다 묻혀 가지고 오는 것이었다. 그 털은 솔잎처럼 생겼고 보통 때에는 반반하

※ 유명(幽明) ― 저승과 이승을 아울러 이르는 말.

게 안으로 숨어 있어서 보이지 않았다.

　추위가 극심한 겨울이 닥쳤다. 희한하게도 방울이 품속에 들어오면 춥지가 않았다. 하루는 막씨가 삯일로 방아질을 해 주고 저녁에 돌아왔는데, 방울이 막씨에게로 내달아 반기는 듯이 뛰놀았다. 막씨가 몹시 추위하며 방 안으로 들어갔더니, 그 안은 놀라울 정도로 더웠다. 게다가 방울이 빛을 내어 밝기가 낮과 같았다. 막씨는 방울이 한편으로는 기이하고, 한편으로는 대견하였다. 그래서 혹시 남이 알까 두려워하며, 낮이면 방울을 막 속에 넣어 두고, 밤이면 품속에서 재웠다. 방울이 점점 자라니 산에 오르기를 평지같이 자유로이 하였다. 또한 마른 데 진 데 없이 어디든 굴러다니되, 흙이 몸에 묻지 않고 늘 깨끗하게 빛났다.

　한 해 두 해 방울이 나이를 먹으니, 빛이 더욱 찬란하고 부드러워졌다. 그러자 이웃 사람들이 자연히 방울의 존재를 알게 되어 막씨 집에 와서 구경하고자 하였다. 때로는 사람들이 문 앞이 메도록 몰려들어 와서 한 번이라도 방울을 집어 보려 하였다. 그런데 남자가 집으려 하면 방울이 땅에 박혀서 떨어지지 않았을 뿐만 아니라, 마치 불덩이 같아서 손을 댈 수조차 없었다. 어떤 남자도 방울을 만져 보지 못하니 더욱 신통한 일이었다.

고전 소설과 꿈

고전 소설 속 인물들은
왜 자꾸 꿈을 꾸나?

막씨 부인의 꿈에 신선들이 나타나 아이를 점지해 주었다. 남편에게 버림 받은 뒤에도 정성으로 시어머니를 모신 그 착한 마음을 하늘이 알아보고 복을 내린 것이다. 이처럼 아이를 밸 것이라고 알려 주는 꿈을 '태몽'이라고 한다. 앞날을 미리 알려 주는 '예시몽'도 있다. 우리 고전 소설 속에서 태몽과 예시몽이 어떤 역할을 하는지 살펴보자.

> 장원의 꿈에 갔다가
> 또 홍 판서 꿈에도 가야 하니,
> 바쁘다 바빠. 그래도 용꿈 정도는
> 꿔 줘야 해룡이나 길동이가 큰
> 인물이 되지!

🎱 태몽

고전 소설은 대개 인물을 중심으로 이야기가 전개된다. 인물의 탄생에서부터 이야기가 시작돼서, 한평생을 다루는 것이 보통이다. 이처럼 인물의 평생을 다루게 될 이야기의 도입 부분에서, 주인공의 탄생에 예사롭지 않은 힘을 실어 주는 게 바로 태몽이다.

고전 소설 속 태몽은 대개 신령한 존재가 나타나 비범한 인물의 출생을 알려 주는 형식을 취한다. 태몽을 통해 주인공의 전생과 출생에 얽힌 사연을 알려 주기도 하고, 남녀 관계나 태어날 인물이 겪게 될 미래 사건에 대해 예언을 하기도 하는 등, 태몽이 한 작품의 예고편 역할을 한다. 대개 신선이나 용왕, 선녀 같은 인물이 나타나 주인공이 평범한 사람이 아니라는 것을 알려 주고, 고난을 겪은 후 장차 큰 인물이 될 것이라고 알려 준다.

『홍길동전』에서 홍 판서는 청룡이 자신에게 달려드는 꿈을 꾼 뒤 홍길동을 낳았고,『유충렬전』에서는 부모의 꿈에 선관이 나타나, 상제에게 죄를 입어 이 댁에 자식으로 내려가게 되었다고 이야기한다.『춘향전』에서 월매는, 한 선녀가 나타나 자신이 죄를 짓고 세상에 내려오게 되었다고 하며 품으로 달려드는 꿈을 꾸고 나서 춘향을 낳았다.

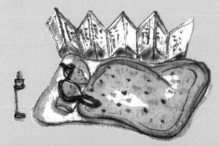

천상에서 지은 죄 때문에
사람으로 태어나게 되었으니,
이내 신세 처량하구나!
그나저나 월매는 언제
잠자리에 드나?

그렇게 신세타령이나
할 거라면 얼른 비키시오!
사씨 부인이 강물에 몸을 던져
죽으려 하니, 우리가 빨리
가서 말려야겠소!

청룡아,
좀 빨리빨리 가거라!
이 몸도 어서 막씨 부인한테
가서 금방울도 점지해 주고,
신통력도 줘야 하니라!

❀ 예시몽

고전 소설에서 꿈은 구체적인 사건을 암시하고 앞날을 예언하기도 한다. 이를 예시몽이라 하는데, 설정된 꿈이 한결같이 정확하게 앞날을 예언하고 있기 때문에 작품 속에서 꿈을 꾸는 사람이나 그것을 읽는 독자 모두 꿈을 허구로 인식하지 않는다.

영웅 소설 속 주인공이 위기에 빠지면 흔히 조력자가 나타나 도움을 주는 것처럼, 예시몽은 이런 조력자 역할을 하며 주인공이 갈 길을 알려 주기도 하고, 절망에 빠진 주인공을 위로하고 희망을 주어 살아갈 힘을 주기도 한다.

이 작품에서도 요괴에게 납치된 금선공주의 꿈에 한 선인이 나타나 앞날을 예언하는데, 이 예언은 정확히 실현된다. 김만중이 쓴 『사씨남정기』에서는 주인공 사씨가 간교한 첩 교씨에게 모함을 받고 쫓겨나 자살하려 할 때, 꿈에 순임금의 두 아내인 아황과 여영이 나타나 암시를 주고, 『춘향전』에서도 춘향이 매를 맞고 옥에 갇혔을 때 비몽사몽간에 아황과 여영을 만나 정절을 지킨 것에 대해 칭찬을 듣고, 장차 좋은 일이 있을 것이라는 암시를 받는다.

저 방울을 쇠몽둥이로 깨뜨려라

막씨와 한 동네에 무손이라는 사람이 살았다. 집안의 재산은 풍족했지만 욕심이 끝이 없고, 생각이나 행동이 괘씸하고 엉큼하여 인간의 도리에서 벗어난 자였다. 무손이 막씨의 방울을 탐내어 막씨가 자는 사이를 틈타 방울을 훔쳐 냈다. 그러고는 집에 돌아가 처자에게 자랑을 하였다. 무손 부부는 신기해하면서 구경하고 나서 훔쳐 온 방울을 감추어 두고 잠이 들었다.

그런데 그날 밤 무손의 집에 난데없는 불이 나 불길이 온 집을 에워쌌다. 무손이 잠을 자다 깜짝 놀라서 옷도 미처 걸치지 못하고 벌거벗은 채로 뛰어나와 보니, 불꽃이 하늘을 찌르고 바람까지 불을 돕고 있었다. 무손이 당황하여 어찌할 바를 모르고 쩔쩔매는 사이에 재물과

세간이 다 재가 되어 버렸다. 이에 무손 부부는 실성할 정도로 슬프게 통곡하였다. 부부는 그 경황없는 와중에도 훔쳐다 둔 귀한 방울이 생각나 불붙은 터에 가서 재를 헤치고 방울을 찾아냈다. 재 안에서 방울이 뛰어올라 무손 처의 치마에 싸이니 그대로 거두어 가지고 나왔다.

그날 밤에 무손의 처가 자다가 추위를 견디지 못하고 이를 부딪치며 덜덜 떨었다. 무손이 이상하게 여겨 물었다.

"이 같은 한더위에 어찌 저리 추위하는가?"

"이 방울이 전에는 그리 덥더니 오늘은 차기가 얼음 같고, 아무리 떼어 내려 하여도 살에 박힌 듯이 떨어지지 아니합니다."

무손이 달려들어 금방울을 잡아떼려고 손을 내미니, 마치 불이 옮겨 붙는 듯 뜨거워 손을 댈 수 없었다. 무손이 처에게 화를 내며 꾸짖었다.

"방울이 끓는 듯하거늘 어찌하여 차다 하는가?"

무손 부부는 서로 다투었다. 방울은 여러 가지 신비로운 조화를 부리는 능력을 가지고 있어서 한편으론 차기가 얼음 같고, 다른 한편으론 덥기가 불 같으면서 변화무쌍하였던 것이었다.

한참만에야 무손이 깨달아 말하였다.

"우리가 방울이 하늘이 내린 보물인 것을 모르고 함부로 도적하여 왔다가 이 지경이 되었구려. 죗값을 치르는 것이니 누구를 원망하고 누구를 탓하리오. 아무래도 막씨에게 가서 빌어야 할 듯하오."

그날 밤에 무손이 곧바로 막씨의 초막으로 갔다.

이때 막씨는 방울을 잃어버리고 울고 있었다. 무손 부부가 와서 엎드려 빌자, 막씨가 소리쳐 불렀다.

"방울아!"

말을 채 마치기도 전에 방울이 데굴데굴 굴러 방으로 들어왔다. 무손의 처는 무수히 빌고 또 빌었다.

하지만 그 자리를 벗어나 돌아온 뒤, 무손은 뉘우치기는커녕 도리어 원망하는 마음을 품었다. 그는 바로 고을 관아로 들어가 지현에게 금방울에 대해 고하며, 방울이 신통하고 또 요사스럽다고 하였다. 그러자 고을의 지현인 장원이 매우 놀라며 신기해하였다.

"즉시 이 자가 말하는 방울을 가져오라!"

명을 받은 나졸이 급히 방울을 가지러 갔으나, 얼마 후 빈손으로 돌아왔다.

"소인이 방울을 잡으려 한즉, 이리 미끈 저리 미끈 하여 잡지 못하고 그냥 왔나이다."

장원이 생각하니 아무래도 이 물건이 예사롭지 않고 요사스러운 것이었다. 그래서 크게 화를 내며 막씨를 잡아 오라 하였다. 나졸이 막씨를 잡아 오니, 그제야 방울이 막씨를 따라 굴러 왔다.

장원이 자리를 잡고 앉아 방울을 마당 가운데 놓고 자세히 살펴보았다. 과연 방울의 금빛이 찬란하여 사람을 놀라게 할 만큼 예사롭지 않았다. 한편으론 괴이하고 한편으론 신기하기도 하였다.

"저 방울을 쇠몽둥이로 깨뜨려라!"

장원이 나졸에게 명하니, 군사가 있는 힘을 다하여 쳤다. 방울이 그 힘에 땅속으로 박혀 들어갔다가 도로 튀어 올랐다. 그것을 다시 집어다가 돌 위에 놓고 도끼로 짓찧으니, 방울이 도드라져서 점점 크게 자라더니 크기가 한 길이 넘게 되었다. 방울을 깨뜨리려 하나 뜻대로 되지 않자 장원은 점점 화가 났다. 마침내 장원이 보검을 내주며 명하였다.

"이 보검은 천하에 서로 견줄 것이 없을 정도로 뛰어난 것이니라. 사람을 베어도 날에 피가 묻지 아니하는 칼이니 이 칼로 방울을 베어라."

군사가 명령을 듣고 칼을 들어 한번 힘껏 치니, 과연 방울이 두 조각이 나며 서로 부딪쳐 구르는 것이 아닌가. 군사가 계속해서 칼로 내리치니, 치는 족족 방울이 두 조각으로 나뉘고, 나뉜 조각이 다시 작은 방울이 되어 잠시 후엔 뜰이 방울로 가득했다. 곁에 서 있던 사람들이 저마다 모두 놀라워하였다.

※ **지현**(知縣) — 현의 수령.
※ **길** — 길이의 단위. 한 길은 여덟 자 또는 열 자로 약 2.4미터 또는 3미터에 해당한다.

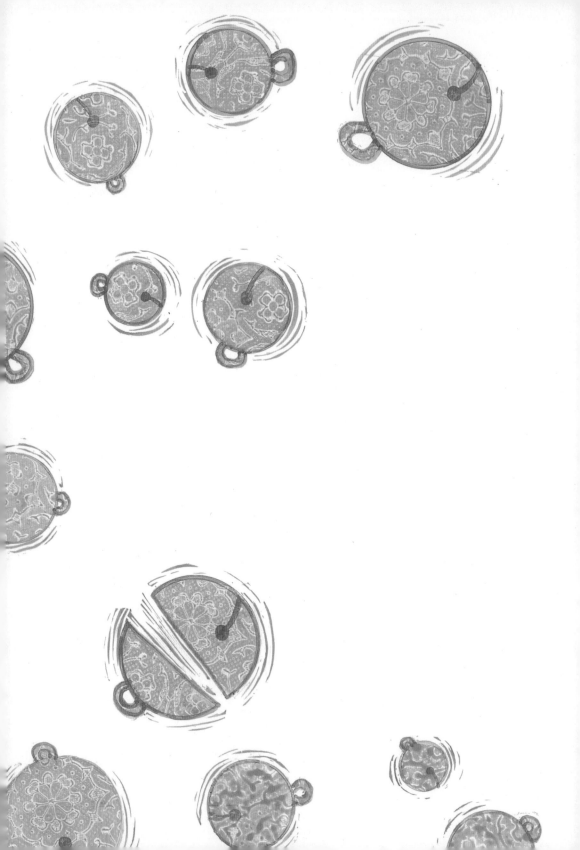

장원이 더욱 화가 나서 명하였다.

"기름을 끓이고 방울을 넣어라."

아랫사람들이 기름을 끓이고 방울을 넣으니, 과연 방울이 차차 작아지거늘 모든 사람들이 기뻐하였다. 방울이 점점 작아지더니 대추씨만해져서 기름 위에 동동 떠다니다가 가라앉았다. 가라앉은 것을 건지려고 가마에 가 보니, 금방 그렇게 끓던 기름이 엉기어 쇠같이 굳어 변해 있었다.

이에 장원은 큰 소리로 명하였다.

"기름 가마를 단단히 봉해 넣어 두고, 막씨는 옥에 가두어라."

그러고는 내당으로 들어가 버렸다. 장원이 내당으로 들어가자 부인이 붙들고 말하였다.

"오늘 저 물건을 보니, 하늘이 내신 것이 분명합니다. 사람의 힘으로는 없애지 못할 것입니다. 막씨를 도로 풀어 주고 나중을 보심이 좋을까 하나이다."

장원이 못마땅하여 코웃음을 치며 말하였다.

"요사스러운 것이 신통하다고는 하나, 어찌 저만한 것을 마음대로 다루지 못할까 하여 근심하겠소?"

부인이 거듭 말렸으나 장원은 들으려 하지 않았다. 이날 밤이 이슥하여 수비하는 병졸이 모두 잠들었을 때였다. 방울이 기름 가마를 뚫고 나와 장원이 잠을 자고 있는 상방의 아궁이로 들어갔다. 장원이 잠을 자다가 큰 소리를 지르며 일어나니, 부인이 놀라서 붙들고 물었다.

"상공, 어찌 이러십니까?"

"누운 자리가 뜨거워서 마치 불이 붙는 것 같고, 살이 데어 벗겨질 듯하오."

부인은 아무렇지 않았으므로 이상하게 여겨 자리를 서로 바꾸어 누워 보았다. 자리를 바꾸었어도 역시 장원이 누운 자리만 뜨거웠다. 장원이 잠시도 견딜 수가 없어 외헌으로 나오니, 그곳 또한 바닥이 불가마와 같았다. 앉을 수도 없고 누울 수도 없어서 장원이 밖으로 방황하며 거닐다가 날이 새었다.

아침이 되어 조반을 먹으려 한즉, 수저로 뜨는 것마다 뜨거워 입에 댈 길이 없었다. 아무리 찬물에 넣어 식혀도 먹으려고만 들면 점점 더 뜨거워졌다. 장원은 심기가 불편하여 하루 종일 일마다 트집하고 따지다가 저녁상을 대하였는데, 이번에는 뜨겁진 않았으나 반대로 차기가 얼음 같았다. 이리하여 결국 아무것도 먹지 못하고 말았다. 또 밤에 잠을 자려 한즉, 전날과 같이 뜨거워 앉지도 눕지도 못하였다. 이렇게 삼사일이 지나니 장원은 먹지도 못하고, 자지도 못하여 거의 죽을 지경이 되었다.

그제야 장원은 이 모든 일이 방울의 조화인 줄을 겨우 깨닫고 가마에 가 보았다. 가마를 들여다보니, 기름 가마 밑이 뚫어져 있고 방울은 온데간데없었다. 그래서 즉시 나졸에게 명하였다.

※ 상방(上房) — 관아의 우두머리가 거처하던 방.
※ 외헌(外軒) — 집의 안채와 떨어져 있는, 바깥주인이 거처하며 손님을 접대하는 곳. 사랑.

"옥중에 가 보고 오라."

나졸이 돌아와 보고하였다.

"그 방울이 막씨가 갇힌 옥문 밑을 뚫고 출입하며 간혹 과일도 물고 들어가기로 문틈으로 엿보았는데, 오색구름이 옥중에 둘러져 있어서 그 속의 사람을 볼 수가 없었습니다."

장원 부인이 이 말을 듣고, 막씨와 방울을 놓아 주자고 거듭 간곡히 권하였다. 장원이 깨닫고 즉시 막씨를 풀어 주었다. 그날부터 장원은 비로소 먹고 잘 수 있게 되었다.

또한 막씨를 풀어 주는 과정에서 막씨의 효행을 알게 된 장원 부부는 크게 뉘우치는 바가 있었다. 이에 막씨의 초막을 헐고 크게 집을 지어 주었으며, 정문을 세워 잡인이 드나들지 못하게 하였다. 그리고 다달이 곡식을 주어 막씨가 평안히 살도록 해 주었다.

장원이 뇌양에 온 후로 몸은 평안하였으나, 밤낮으로 해룡을 생각하며 부인과 더불어 슬퍼하였다. 결국 가 부인이 이로 인하여 병들어 자리에 눕고 말았다. 병이 이미 뼛속 깊이 스며들 정도로 중하여 아무 약도 효험이 없었다. 장원이 병자 옆을 떠나지 않고 지극한 정성으로 간호하며 약도 자신이 먼저 맛본 후에 권하곤 하였다. 그러던 어느 날 부인이 장원의 손을 잡고 눈물을 흘리며 말하였다.

"이내 팔자가 사납고 복이 없어서 자식 하나를 겨우 두었다가 난중에 잃고, 지금까지 명을 보전함은 요행으로나마 그 아이를 한번 만나볼까 간절히 바랐기 때문입니다. 하지만 십여 년이 되도록 살았는지 죽었는지조차 알지 못하고, 이제 병이 뼛속 깊이 스며들어 더는 살지 못하게 되었습니다. 저는 죽은 뒤에도 눈을 감지 못할 듯합니다. 하지만 바라건대 상공께서는 오래도록 건강하시고, 해룡과 다시 만나 영광을 보옵소서."

말을 마치고는 부인의 숨이 끊어졌다. 장원 또한 하늘이 무너지고 땅이 꺼지는 듯 애통해하며 기절하니, 양옆의 사람들이 붙들어 부축하였다.

이때 문득 방울이 밖에서 굴러 들어와 부인 앞에 멈추었다. 모두 울음을 그치고 보니 풀잎 같은 것을 물어다 놓고 가는 것이었다. 괴이하게 여겨 급히 집어 보니 나뭇잎 같은 것에 가늘게 '보은초(報恩草)'라고 쓰여 있었다.

'막씨가 은혜를 갚는가 보다.'

장원이 마음속으로 기뻐하며 부인 입에 풀잎을 넣었다. 그러자 잠시 후 부인이 몸을 움직이며 돌아눕는 것이 아닌가. 이에 좌우에 있던 사람들이 팔다리를 주무르니 그제야 부인이 숨을 크게 내쉬었다. 장원이 몹시 기뻐하며 부인에게 몸이 어떠한지 물었다.

"자고 나니 정신이 맑고 기운이 납니다."

장원은 기뻐서 어쩔 줄 몰라 하며, 부인에게 방울이 한 일을 말하였다.

이후로부터 가 부인의 병세가 점점 회복되니, 부인이 친히 막씨를 찾아갔다. 부인은 방울이 조화를 부려 목숨을 살려 준 은혜에 거듭 감사 인사를 하였다. 그리고 막씨와 형제의 의를 맺기로 결의하였다. 그 후부터는 방울이 굴러가 부인 앞으로도 가니, 장원 부부가 방울을 사랑하여 손에서 놓지 않았다. 방울이 마치 사람의 정을 아는 듯이 이리 안 기고 저리 품기며 영특하고 재빠르게 사람의 뜻을 헤아렸다. 이에 방 울에게 '금령'이란 이름을 지어 주었다. 금령이 밤이면 가 부인의 품속 에 들어 자고 낮이면 제집으로 가니, 마치 자식과 같이 정이 들게 되 었다.

　　하루는 금령이 나갔다가 무엇인가를 물어다 가 부 인 앞에 놓았다. 장원 부부가 괴이히 여겨 집어 보니 작은 족자였다. 족자를 펴

보니 한 장의 그림이 보였다. 위쪽 그림은 한 아이가 길가에서 우는데 사면에서 도적이 쫓아오고, 부모로 보이는 부부가 아이를 버리고 달아나면서 돌아보고 우는 모습이었다. 그리고 아래쪽 그림은 도적 중의 한 사람이 그 아이를 업고 시골 마을의 한 집으로 들어가는 모습이었다.

장원이 그림을 보고 눈물을 흘리며 말하였다.

"이는 분명 우리가 해룡을 버리고 오던 때의 광경이오."

부인 또한 이 말을 듣고 흐느꼈다.

"비록 그렇다 하나 어찌 생사를 알겠습니까?"

"한 사람이 업고 마을로 들어가는 형상이니, 생각건대 어떤 사람이 기르려고 업어 간 것이 확실하오. 금령이 신통하여 우리가 서러워함을 보고 해룡이 살아 있음을 알려 주려는 것이 아니겠소? 아이가 있는 정확한 곳은 가르쳐 주지 않으니, 이 또한 하늘의 뜻일 듯하오."

이후 부부가 그 족자를 잠자리 위에 걸어 두고 때때로 바라보며 슬퍼하고 또 그리워하였다.

그러던 어느 날, 금령이 홀연 온데간데없이 사라져 버렸다. 막씨가 울면서 금령이 없어졌음을 고하니, 장원 부부 또한 놀라며 몹시 슬퍼하였다.

※ 금령(金鈴) — '금방울'이라는 뜻의 이름.

괴물에게 잡혀간 금선공주

　태조 고황제가 온 나라의 영토를 평정하니, 어질고 덕이 뛰어나 나라를 잘 다스리는 성군이라 할 만하였다. 조세를 감하고 형벌을 낮추니, 백성들이 즐거워하며 격양가로 화답하였다. 황후에게는 자식이 없다가 나이가 들어서야 옥 같은 공주 하나를 얻게 되었다. 공주는 용모와 미덕을 겸비하여 세상에 견줄 이가 없을 정도로 뛰어났다. 공주가 점점 자라매 효행이 지극하고 온갖 자태가 아름답기 그지없으며 재주를 두루 갖추었다. 세월이 흘러 열 살이 되어서는 공주의 아름다운 얼굴에 물고기가 숨고 기러기가 달아났으며, 신비스러운 자태에 달이 숨고 꽃도 부끄러워하였다. 그야말로 세상에 비길 데 없이 뛰어난 미인이었다. 이에 황제와 황후가 어루만지며 애지중지하고, 궁호를 '금선공주'라 하였다.

때는 춘삼월 음력 보름이었다. 황후가 공주와 시녀를 데리고 달빛을 즐기며 후원에 이르니, 온갖 꽃들이 흐드러지게 활짝 피고 달빛이 뜰에 가득하였다. 꽃향기는 옷자락에 스미고, 저녁 하늘에 나는 새도 고운 노래를 다투어 불렀다. 황후와 공주는 고운 손을 잡아 이끌며 꽃 같은 발걸음을 옮겨, 서쪽 동산에 올라 두루 구경하였다.

이때, 홀연 서남쪽에서 한 떼의 검은 구름이 일어나면서 거센 바람이 휘몰아쳤다. 그 가운데에서 커다랗고 괴이한 괴물이 시뻘건 입을 벌리고 달려드니, 모두가 엎어져 기절하고 말았다. 이윽고 구름이 걷히며 천지가 맑아졌다. 사람들이 겨우 정신을 차리고 일어나 보니, 공주와 시녀들이 온데간데없었다. 몹시 놀라 두루 찾아보았으나 흔적조차 없었다.

즉시 황제께 고하니, 상 또한 크게 놀라며 즉시 어림군을 모아 궁궐을 둘러싸고 찾으라 하였다. 그러나 여전히 종적도 찾을 수 없었다.

"천하에 이런 일이 또 있겠습니까?"

황후가 통곡하며 먹지도 않고 밤낮으로 애통해하였다. 이에 황제도 당황하며 어찌할 바를 모르다가 온 나라에 다음과 같은 방을 붙였다.

공주를 찾아 바치는 자가 있으면, 천하의 반을 주고 부귀영화를 나와 함께 하리라.

※ **격양가(擊壤歌)** — 풍년이 들어 농부가 태평한 세월을 즐기는 노래.
※ **어림군(御林軍)** — 임금을 시종하는 군사로 황제의 친위대.
※ **방(榜)** — 어떤 일을 널리 알리기 위해 길거리나 사람들이 많이 모이는 곳에 써 붙이는 글.

꿈에 볼까 무서운
'나쁜 친구들'

금선공주가 구경을 나갔다가 괴물한테 잡혀갔다. 한 번도 본 적이 없는 괴이한 짐승이다. 영화 〈괴물〉에 나온 메기(?)는 미군이 한강에 버린 화학약품 때문에 그렇게 된 모양인데, 이놈은 뭘 먹었기에 이토록 괴이하게 생겼는고. 지은 죄가 많아 벌을 받은 걸까, 먹지 말아야 할 것을 먹고 탈이 난 걸까? 어찌 되었든 죄 없는 공주는 왜 잡아가나? 우리 겨레를 두려움에 떨게 한 '나쁜 친구들'을 한번 꼽아 보자.

【천 년 묵은 지네】
출신 | 민담, 전설, 옛이야기
생김새 | 몸은 가늘고 길며, 여러 마디로 이루어져 그 마디마다 한 쌍의 발이 있다. 머리에는 한 쌍의 더듬이와 독을 내뿜는 큰 턱이 있다.

【구렁이】
출신 | 고전 소설, 민담, 전설, 옛이야기
생김새 | 작은 놈은 몸길이가 네 자(1.2미터)에서 여섯 자(1.8미터) 정도 되는데, 큰 놈은 그 몇 배가 된다.

【구미호】
출신 | 민담, 전설, 옛이야기
생김새 | 중국에서 펴낸 『산해경』을 보면 "이 짐승은 생김새가 여우 같은데, 꼬리가 아홉이고, 그 소리는 마치 어린애 같고, 사람을 잘 잡아먹는다."고 나와 있다.

용은 왜 빠졌나?_서양에서는 괴물이지만, 우리한테는 신이다.

동양에서 용은 상상의 동물로 신령한 존재였다. 용은 나라를 수호하거나, 용궁을 다스리고, 비를 내려 주는 역할을 한다고 알려져 있다. 용이 알에서 깨어나 온전한 용이 될 때까지 수천 년이 걸리고, 그 과정 또한 험난하기 때문에 옛사람들은 힘든 과거 시험에 통과하는 것을 일컬어 '용문(龍門)에 오른다.'는 뜻으로 '등용문(登龍門)'이라고 했다. 하지만 서양에서 용은 오랫동안 인류에게 위협을 가하는 존재였다. 서양 문학에 용을 물리친 성자와 기사들에 대한 이야기가 많이 등장하는 걸 봐도 그렇고, 서양 동화에서 용이 악마적인 존재로 나오는 것을 봐도 이것을 알 수 있다.

【이무기】
출신 | 설화, 민담, 옛이야기
생김새 | 용처럼 생겼는데 뿔이 없다고도 하고, 엄청나게 큰 구렁이처럼 생겼다고도 한다.

【불가사리】
출신 | 설화, 옛이야기
생김새 | 코끼리 몸에 소 발, 곰의 목에 사자 턱이며, 범의 얼굴에 무소의 입이요, 말 머리, 기린의 꼬리를 가졌다.

특징 강한 독과 강철 같은 피부를 가지고 있다.

범죄 사실 작은 놈은 지붕이나 부엌 천장에 숨어 있다가 독을 뿌려 사람을 괴롭히고, 큰 놈은 한 마을을 지배하면서 사람이든 음식이든 죄다 제물로 바치게 한다.

대처 방안 금방울 같은 신통한 재주가 있다면 한번 싸워 볼 만하다. 아니면 무조건 도망치는 게 좋다.

미니홈피 일촌 뭘 나눠 먹을 줄 몰라 친구가 없다.

특기 긴 몸으로 짐승이든 사람이든 가리지 않고 휘감아 버린다.

범죄 사실 사람이 죄를 짓고 죽어서 구렁이가 되기도 하고, 집에 사는 구렁이가 오래 묵어서 요물이 되기도 하는데, 원한이 깊으면 사람을 잡아가거나 집안을 풍비박산 내기도 한다.

대처 방안 친척 어르신이 아닌지 알아보고, 맞으면 잘 달래서 보내야 한다.

미니홈피 일촌 애들은 자기들끼리만 일촌 맺는다.

특기 둔갑술에 뛰어나 자유자재로 제 모습을 바꾼다. 하지만 가끔 꼬리를 감추지 못해 정체를 들키기도 한다.

범죄 사실 사람의 정기를 빨아먹거나, 사람이든 짐승이든 가리지 않고 간을 빼먹는다. 그래도 가끔 착하고 가난한 총각한테 마음을 뺏겨 온 마음을 다 바치기도 한다. 그러면 사람이 된다.

대처 방법 착하고 가난한 총각인 척한다.

미니홈피 일촌 여우누이.

160

155

150

140

140

금방울, 침범과 호랑이를 물리치다

장삼이 해룡을 업고 달아난 지 여러 날 만에 고향에 돌아오니, 그 처 변씨가 반기며 달려 나왔다.

"당신의 생사를 알지 못하여 밤낮으로 근심하고 있었는데, 간밤 꿈에 당신이 용을 타고 들어오지 않겠습니까? 그래서 혹시 불행한 일이 있는 것은 아닐까 하고 걱정하였더니, 오늘 이렇게 살아서 보게 될 줄 어찌 알았겠습니까?"

장삼의 처가 감격해 마지않았다. 한참 동안 그간의 안부를 묻고 나서야 변씨는 눈을 돌려 장삼 곁에 있는 해룡을 보았다.

"이 아이는 어디서 얻어 왔습니까?"

"여차여차하였노라."

장삼이 그간의 사연을 이야기하니, 변씨가 겉으로는 받아들이는 체하나 마음으로 기뻐하지는 아니하였다.

이때까지 변씨에겐 늦도록 자식이 없었다. 그런데 장삼이 해룡을 데려온 후 우연히 태기가 있더니, 열 달 만에 아들을 낳았다. 장삼이 크게 기뻐하며 이름을 '소룡'이라 하였다.

소룡이 점점 자라 일곱 살이 되니, 약간의 용모와 재주를 갖추게 되었다. 하지만 해룡의 잘생긴 용모와 의젓한 풍모며 넓고 깊은 마음에는 어찌 미칠 수 있겠는가. 둘이 같이 글을 배워도 해룡은 한 자를 알면 열 자를 통하여 열 살이 되기 전에 문장을 이루었다.

장삼은 어진 사람이라 해룡을 친자식보다 더욱 사랑하였다. 그러나 변씨는 번번이 해룡을 시기하여 장삼이 보는 앞에서 일부러 소룡을 때리며 소동을 부리곤 하였다. 변씨가 이리하니 장삼은 언제나 변씨의 어질지 못함을 한스러워할 뿐이었다.

해룡이 점점 자라 열세 살이 되니, 영웅다운 모습과 뛰어난 재능 앞에 태양이 빛을 잃고, 넓은 마음과 깊은 생각이 바다를 뒤덮을 듯하였다. 또한 눈동자가 맑고 빛나며 기상이 높고 빼어나니, 어찌 평범한 아이와 비길 수 있겠는가.

해룡이 자랄수록 변씨의 시기하는 마음이 날로 더하여 온갖 일로 해룡을 모함하며 내치려 하였다. 그러나 장삼은 모함하는 말을 귀 기울여 듣지 않고 해룡을 더욱 사랑하여 한시도 곁에서 떠나지 않고 애지중지할 뿐이었다. 이러므로 해룡은 장삼으로 인하여 목숨을 보전할 수 있었다. 해룡 역시 장삼을 공손히 따르고 지극한 정성으로 섬기니, 이

웃과 친척 중에 이들을 칭찬하지 않는 이가 없었다.

영웅 군자가 때를 만나지 못하면 시골에 묻혀 살다 목숨이 다하는 것은 예나 지금이나 마찬가지리라. 이즈음 장삼이 홀연 병을 얻었는데, 온갖 약을 다 써도 소용이 없었다. 해룡이 밤낮으로 지극 정성을 다해 간병하였으나, 조금도 차도가 없고 나날이 병세는 더 깊어졌다. 어느 날 장삼이 마침내 죽음이 가까워졌음을 알고, 해룡의 손을 잡고 눈물을 흘리며 말하였다.

"내 명이 다하였구나. 어찌 하늘이 정한 부모 자식 간의 인연을 숨기고 속이겠느냐? 내 너를 난중에 얻으매 기백과 골격이 비상하므로 업고 도망하여, 너를 길러 우리 가문을 빛낼까 하였느니라. 하지만 내가 불행하여 이제 죽게 되니, 어찌 눈을 감으며 어찌 너를 잊겠느냐? 변씨는 어질지 못해 나 죽은 후에 반드시 너를 해치려고 할 것이다. 몸을 지킬 방책은 네게 있으니 조심하도록 하여라. 또한 대장부는 사소한 일로 미워하지 아니하는 법이니라. 소룡이 비록 불초하지만 나의 자식이니, 바라건대 네가 그 아이를 거두어 준다면 지하에 들어가서도 한이 없을 것이다."

또 장삼이 변씨 모자를 불러 앉히고 말하였다.

"나는 명이 다하였소. 나 죽은 후에라도 해룡을 각별히 아껴 소룡과 다름없게 대해 주시오. 이 아이가 반드시 나중에 귀하게 될 것이니, 해룡을 잘 거두어 기른다면 길이 영화를 볼 것이오. 부디 오늘의 내 유언을 저버리지 마시오."

말을 마친 후에 장삼은 숨을 거두었다.

해룡이 몹시 애통해하니, 보는 사람마다 감탄하며 가슴 아파하지 않을 수 없었다. 상례를 갖추어 장삼의 시신을 선산에 안장하고 돌아오니, 해룡은 이제 자기 한 몸 의지할 데도 없었다. 이에 더욱 서러워하며 밤낮으로 슬퍼하였다.

장삼이 없으니 변씨가 해룡을 나날이 더 박대하였다. 의복과 음식을 제때에 주지 않는 것은 물론이고, 낮이면 밭 갈기와 논매기, 소 먹이기, 김매기, 나무하기 따위를 시켜서 잠시도 쉬지 못하게 하였다. 밤낮으로 불러 온갖 궂은일을 시키니, 해룡은 잠시도 편히 앉아 있을 수가 없었다. 그런데도 해룡은 더욱 공손하고 부지런히 일하며, 조금도 게으른 빛을 띠지 않았다. 자연히 얼굴과 몸이 여위었으며, 먹지도 쉬지도 못하고 일을 하니 몸이 상하여 굶주림과 추위를 이기지 못하였다.

때는 눈 내리고 추위가 심한 겨울이었다. 변씨는 소룡과 함께 더운 방에서 자면서, 해룡에게는 마당에서 방아질을 하라고 시켰다. 해룡은 할 수 없이 밤이 이슥하도록 방아질을 하였다. 해룡은 홑옷만 입고 한 겨울을 지내야 했으니, 어찌 밤의 한기를 견딜 수 있겠는가. 해룡이 추위를 이기지 못하여 잠깐 제 방에 들어가 쉬려 하였지만, 해룡의 방은 제때 종이를 발라 주지 않아 문으로 눈과 바람이 들이쳤다. 또 불을 때지 않아 냉방인데, 덮을 것조차 없었다.

※ 불초(不肖) ─ 아버지를 닮지 않았다는 뜻으로, 못나고 어리석은 사람을 이르는 말이다. 여기서는 그저 자식이 못났다는 뜻으로 쓰였다.

그래도 해룡이 조금이나마 몸을 녹이려고 바닥에 잠시 몸을 잔뜩 움츠리고 엎드려 있었다. 이때 홀연 방 안이 낮과 같이 밝아 오는 것이 아닌가. 갑자기 여름처럼 더워 몸에 땀이 나거늘, 해룡이 놀랍기도 하고 괴이하기도 하여 즉시 일어나 자세히 살펴보았다. 방 안을 둘러보아도 아무런 기미가 없으므로 밖으로 나가 보았다. 신을 신고 나가니 아직 동녘이 밝지 않았는데, 흰 눈이 내려 뜰에 가득 쌓여 있었다. 방앗간에 나가 보니 밤에 못다 찧은 곡식이 다 찧어져 그릇에 담겨 있었다. 이상하게 생각하며 방으로 돌아오니, 여전히 방 안이 밝고 더웠다.

해룡이 아무리 생각하여도 이상하여 두루 살펴보니, 잠자리에 이전에는 없던 북만 한 방울 같은 것이 놓여 있었다. 해룡이 잡으려 하니 이리 미끈 달아나고 저리 미끈 달아나며, 요리 구르고 조리 굴러 도무지 잡히지 아니하였다. 놀랍고 신통하여 자세히 보니, 금빛이 방 안에 가득하고, 다섯 빛깔의 점이 있으며, 움직일 적마다 향내가 코를 찌르게 진동하였다.

'이것이 반드시 생각 없이 그냥 일어난 일이 아니로다. 앞날을 두고 보자. 좋은 일이 생기지 않겠는가.'

해룡이 생각하며 내심 기뻐하였다. 굶주림과 추위에 파묻혀 있던 해룡은 몸이 더 이상 춥지 않고 마음도 안심하게 되니, 몹시 고단하여 늦게까지 잠을 잤다.

한편 변씨 모자는 추워서 잠을 자지 못하고 몸을 떨면서 날이 밝도록 앉아 있었다. 마침내 새벽이 되자 둘은 함께 마당에 나가 보았다. 밤사이 눈이 많이 왔는지 집이 온통 눈으로 뒤덮여 있었고, 찬바람이 얼굴을 깎는 듯하여 몸을 움직이기도 어려운 지경이었다.

　변씨는 해룡이 필시 얼어 죽었을 것이라고 생각하였다. 해룡을 부르니 과연 대답이 없었다.

　'아마도 죽었으리라.'

　변씨가 눈을 헤치고 나와 해룡의 방으로 다가가 문틈으로 엿보았다. 그런데 해룡이 더운 여름날처럼 저고리를 온통 벗어젖히고 잠이 들어 있거늘, 변씨가 놀라서 해룡을 깨우려 하였다. 그러다 자세히 보니, 온 세상에 흰 눈이 가득하되 오직 해룡의 방이 있는 바깥채 쪽 지붕에만 눈이 하나도 없고 검은 기운이 연기처럼 일어나고 있었다.

　어찌된 영문인지 알 수 없는 노릇이었다. 놀란 변씨가 심상치 않게 여기며 소룡에게 일렀다.

"매우 이상하니 우리 해룡의 거동을 살펴보자."

이때 깊은 잠을 자던 해룡이 이미 해가 뜬 것에 놀라 깨어났다. 해룡은 일어나자마자 안채로 들어가 변씨에게 문안 인사를 올렸다. 이어 마당으로 나가 비를 잡고 눈을 쓸려고 하니, 홀연 사나운 바람이 몰아쳐 잠깐 사이에 눈을 다 쓸어 버리고는 말끔히 걷혔다. 해룡은 이미 짐작하는 바가 있었으나, 변씨는 더욱 이상하게 생각하였다.

'해룡이 분명 요술을 부려 사람을 속이는구나. 오래 두었다가는 큰 화를 입으리라.'

변씨는 아무쪼록 해룡을 빨리 죽여 없애야겠다고 마음먹었다. 어떻게든 틈을 보아 해룡을 해칠 묘책을 생각하다가, 한 가지 계교를 떠올려 내고는 해룡을 불렀다.

"가장이 돌아가시매 집안의 재산이 점점 없어져 가는 것을 너도 알 것이다. 실은 우리 집안의 밭이 구호동에 있느니라. 그런데 근래에 사람들이 호랑이에게 자주 화를 당하는 바람에 버려둔 지 거의 수십여 년이 되었구나. 만약 네가 그 땅을 일구어 농사를 짓는다면 너를 장가들이고, 우리도 또한 네 덕에 넉넉히 잘살게 될 것이니 어찌 기쁘지 아니하겠느냐. 다만 너를 위험한 곳에 보냈다가 행여 후회할 일이라도 생길까 하여 그것이 걱정이구나."

해룡이 이 말을 듣고 기분 좋게 가겠노라 하였다. 해룡이 곧장 나가 쟁기를 수습하여 구호동으로 가려 하거늘, 변씨가 거짓으로 말리는 체하였다. 그러자 해룡이 웃으면서 말하였다.

"사람의 목숨은 하늘에 달린 것이니, 어찌 까닭 없이 짐승에게 화를 입겠습니까?"

해룡이 거침없이 훌쩍 집을 나서자, 변씨가 문밖까지 따라 나오며 당부하였다.

"어서 잘 다녀오너라."

해룡이 구호동에 들어가니, 사면이 절벽이고 그 사이에 작은 동굴이 있는데, 나무와 풀이 몹시 무성하였다. 등나무 덩굴을 붙들고 들어가니, 오직 호랑이나 승냥이, 이리 같은 맹수의 자취뿐이고, 인적은 전혀 없었다. 하지만 해룡은 조금도 두려워하지 않았다. 옷을 벗고 잠깐 쉬더니 날이 서산에 저물기 전에 서둘러 밭 두어 이랑을 갈았다.

해룡이 한참 일하고 있는데 홀연 큰바람이 일고 모래가 날렸다. 그러더니 문득 산 위로부터 이마 흰 칡범이 시뻘건 입을 벌리고 달려들거늘, 해룡이 정신을 가라앉히고 손을 들어 해치우려 하였다. 그런데 마침 서편에서 또 한 마리의 커다란 호랑이가 벼락같이 소리를 지르며 달려드니, 해룡이 아주 위급한 상황에 처하게 되었다.

이때, 홀연 등 뒤에서 금방울이 굴러 내달아 오더니 큰 범과 호랑이를 한 번씩 들이받았다. 그러자 범이 펄쩍 뛰며 큰 소리를 지르고 물러섰다 다시 달려들었다. 이에 금방울이 나는 듯이 연이어 옆구리를 받으니, 두 범이 한꺼번에 거꾸러졌다. 이때를 놓치지 않고 해룡이 달려들어 두 범을 다 쳐서 죽였다.

해룡이 마음을 진정하고 땀을 씻으며 돌아보니, 방울이 번개같이 굴러다니며 밭을 갈고 있었다. 한 시각이 채 걸리지 않아 그 넓은 밭을 다 갈았거늘, 해룡이 기특하게 여기며 금령에게 연거푸 고마움을 표하

였다. 해룡은 연장을 챙겨 들고, 죽은 범을 메고 끌며 산에서 내려왔다. 조금 오다가 돌아보니 금령은 벌써 사라지고 없었다.

한편 변씨는 해룡을 위험한 곳으로 보내 놓고, 반드시 죽었으리라 생각하며 기뻐하였다. 날이 저물었을 때 문득 집 밖이 떠들썩하고, 사람들 소리가 요란하였다. 변씨가 무슨 일인가 하여 급히 나가 보니, 해룡이 큰 범 두 마리를 떠메고 온 것이 아닌가. 변씨는 깜짝 놀랐다.

"종일 걱정했구나. 무사히 잘 다녀와서 다행이다. 근데 그리 큰 범을 어찌 잡았느냐?"

변씨는 무척 기뻐하는 체하였다.

"피곤할 테니 일찍 들어가 쉬어라."

해룡이 변씨에게 칭찬을 받고 쑥스러워하면서 제 방으로 들어갔다. 방에 들어가 보니, 금방울이 먼저 와서 해룡을 기다리고 있었다.

그날 밤에 바로 변씨 모자가 죽은 범을 가지고 관가로 들어갔다. 지현이 보고는 크게 놀라서 물었다.

"저런 큰 범을 어디서 잡아 왔느냐?"

"마침 호랑이 덫에 치였기로 잡아 바치나이다."

변씨가 거짓으로 대답하였다. 지현이 크게 기뻐하며 칭찬하고 즉시 상금으로 이백 냥을 내렸다. 변씨가 상금을 받아 가지고 급히 돌아오면서 소룡에게 당부하였다.

"행여 이런 말은 입 밖에 내지 마라."

두 사람은 돌아오는 걸음을 재촉하였다.

아직 날도 채 밝지 않은 시각이었다. 변씨 모자가 부지런히 고개를 넘어오는데, 문득 한 떼의 강도들이 나타나 아무것도 묻지 않고 다짜고짜 달려들었다. 변씨 모자를 동여매어 나무 끝에 높이 매달고는 가진 돈을 빼앗고 의복까지 벗겨 가지고 달아나 버렸다. 발가벗은 알몸으로 나무에 매달린 변씨는 아무리 벗어나려 발버둥을 쳐도 어찌할 도리가 없었다. 이는 변씨의 심사가 괘씸하고 엉큼하여 이를 미워한 금령이 신통으로 벌인 일이었다. 금령의 신통한 능력은 대개 이런 정도였다.

날이 밝아 잠에서 깨어난 해룡이 안채로 문안을 드리러 들어가 보니, 변씨와 소룡이 없었다. 이상히 여겨 두루 찾았더니, 범도 없어진 것이 아닌가. 이에 크게 놀라 집 밖으로 나와 보았다. 해룡은 주위를 둘러보다가 길에서 왕래하는 사람들이 하는 말을 우연히 들었다.

"어떤 도적이 사람을 벌거벗겨 나무에 매달아 놓고 갔더라."

이 말을 듣고 혹시나 하여 바삐 가 보니, 과연 변씨 모자가 벌거벗은 채로 나무에 높이 매달려 있는 것이 아닌가. 해룡이 이를 보고 놀라서 나무에 올라가 그들을 끌어내려 업고 돌아왔다. 이런 일을 당하였으니 변씨 모자가 어찌 부끄럽지 않겠는가마는 이조차도 대수롭지 않게 여기니, 이들의 사람됨을 능히 알 만하였다.

이 무렵 금령의 신통력이 헤아릴 수 없을 정도였다. 해룡이 더운 여름을 당하면 서늘하게 하고, 추워하면 덥게 하며, 어려운 일이 있으면 모두 없애 주었다. 그리하여 해룡은 금령에게 마음을 붙이고 세월을 보냈다.

옥에 갇힌 해룡

어느 날 소룡이 밖에 나가 놀다가 말다툼이 붙어 살인을 저지르고 말
았다. 변씨가 이 소식을 듣고 크게 놀라 어찌할 줄 모르고 있는데, 갑
자기 호랑이 같은 관아 사령들이 들이닥쳐 소룡
을 잡아가려 하였다. 변씨는 급히 소룡을 감
추고는 해룡을 가리켜 악을 쓰며 말하였다.

"네가 사람을 쳐서 죽이고 모르는 체하며,
어린 동생에게 미루고자 하느냐?"

이 말을 듣고 해룡이 생각하였다.

'나에게 죄가 없음을 밝히면 소룡이 반드시
죽게 될 것이다. 소룡이 죽는 것은 아깝지 아니

하나 공의 대를 이을 자식이 끊어지는 것이니, 내 어찌 차마 그렇게 하리오? 차라리 내가 죽어 길러 주신 은혜를 갚고, 공이 돌아가실 때 한 유언을 저버리지 아니하리라.'

해룡이 바로 내달아 나오며 소리쳤다.

"살인한 사람은 나이니, 저 소룡은 아무 잘못이 없고 억울하니라."

차사가 다시 묻지도 아니하고 해룡을 잡아갔다.

이들은 해룡을 잡아다 관아 마당에 무릎을 꿇렸다. 지현이 나와 엄한 목소리로 분명하게 자백하라 하니, 해룡이 마음속으로 기쁘게 다짐하며 자신의 소행이라고 하였다. 그러자 자백대로 문서를 만들고, 해룡에게 큰칼을 씌워 옥으로 보내 가두었다.

해룡이 끌려가는데 해룡의 몸을 찬란한 금빛이 감싸고 가거늘, 지현이 보고 괴이하게 여겼다. 이에 밤에 사람을 시켜 옥중에 가서 죄인 해룡이 어찌하고 있는지 보고 오라고 하였다. 이윽고 나졸이 돌아와 보고하였다.

"다른 죄인이 있는 데는 어두워 보지 못하는데, 해룡이 있는 데는 밝은 불빛이 비쳐 환하므로 자세히 볼 수 있었습니다. 해룡이 비록 칼을 쓰고 옥중에 갇혀 있으나, 비단 이불을 덮고 누워서 자고 있었습니다."

지현이 이 말을 듣고 신기하게 여겨 더욱 각별히 살피게 하였다.

원래 이 고을에는 살인죄를 저지른 죄인을 5일에 한 번씩 끌어내어 매로 다스리고 다시 가두는 법이 있었다. 이에 따라 해룡이 잡혀 온 지 5일 만에 모든 죄인을 내어다가 저마다 중형을 내렸는데, 해룡 또한 그 차례를 기다리고 있었다.

한편 이 고을 지현이 늦게서야 아들 하나를 두어 사랑이 지극하였는데, 올해로 아이가 세 살이 되었다. 지현은 아들을 손안의 옥구슬같이 애지중지하며 손에서 놓지 아니하고 귀하게 여겼다. 이날도 그 아들을 무릎 앞에 앉히고 해룡을 매로 치게 하였다. 그런데 몽둥이로 내려치는 족족 아이가 이따금 울며 기절하는 것이 아닌가. 지현이 그 거동을 보고 까닭을 몰라 어찌할 줄 몰라 하였다. 그런데 매질을 그만 그치라 한즉, 아이가 다시 웃으면서 노는 것이었다.

지현이 크게 겁을 내어 의심하며, 해룡에게 씌운 칼을 벗기고 헐렁하게 하여 가두었다. 그리고 감히 다시는 치지 못하고 그냥 내버려 두었는데, 이런 상태로 수개월이 지나 겨울이 되었다. 그동안 변씨가 해룡의 아침저녁 끼니를 대어 주지 아니하였는데도 해룡은 조금도 굶주리는 빛이 없었다.

하루는 지현이 부인과 더불어 아들을 앞에 누이고 자다가 문득 깨었는데, 아이가 온데간데없이 사라져 버렸다. 내외가 깜짝 놀라 종을 시켜 사방으로 두루 찾게 하였으나 자취조차 없었다. 지현과 부인이 어찌할 바를 몰라 실성한 사람같이 부르짖으며 구석구석 사람을 놓아 찾으니, 한밤중에 관아에 큰 소동이 일어났다. 그러던 중에 문득 옥졸 하나가 급히 달려 들어와 말하였다.

"옥중에서 아이 울음소리가 나니 매우 이상합니다."

지현이 이 말을 듣고 크게 놀라 엎어질 듯 고꾸라질 듯 급히 옥중으로 가 보니, 자기 아들이 해룡 앞에 앉아 울고 있는 것이 아닌가. 지현이 급히 달려들어 아이를 안고 돌아오며 말하였다.

"요사스러운 죄인 해룡이 극히 흉악무도하니, 묻지도 말고 이놈을 쳐 죽여라."

형졸이 명을 듣고 큰 매를 잡아 있는 힘을 다하여 쳤으나, 해룡은 꿈쩍도 아니하고 지현의 아들이 또 전과 같이 이따금 기절하였다.

지현 부인이 다급히 외헌에 나아가 이 사실을 고하였다. 지현이 더욱 놀라서 얼굴빛이 하얗게 질린 채로 해룡을 형틀에서 도로 내리라 하였다. 그랬더니 아이가 아무 일 없었다는 듯이 다시 웃으며 놀았다. 지현과 부인이 마음속으로 무척 괴이하게 여겼다.

그날 밤에 아이가 또 없어졌다. 이번에는 곧바로 옥중으로 가 보니, 아이가 해룡에게 안기어 희롱하며 놀고 있거늘, 부모가 안아서 데리고 나왔다. 그때부터는 아이가 울면서 줄곧 옥중으로 가자고 졸랐다. 아무리 달래도 밤낮으로 보채며 옥중으로 가자고만 하였다. 마침내 부인이 견디지 못하고 여종으로 하여금 아이를 옥중으로 데려가게 하였다. 그제야 아이가 울음을 그치고 웃고 뛰놀며 해룡에게 안기어 한시도 곁을 떠나지 않으려 하였다.

이에 지현이 할 수 없이 해룡을 석방하며, 아이를 잘 보살펴 달라고 부탁하였다. 해룡은 감사 인사를 올리고 그날부터 지현의 집 사랑에 거처하게 되었다. 지현 부부는 의복과 음식 따위를 갖추어 해룡을 극진히 대접하였다.

변씨는 해룡이 사형을 당하기는 고사하고, 도리어 관아에서 신임을 얻었다는 말을 듣고 놀라서 소룡과 의논하였다.

"해룡이 저렇게 되었으니 문제로구나. 만일 지현이 우리가 해룡을 억울하게 사형시키려 했다는 사실을 알게 되면 우리는 반드시 죽임을 당할 것이다. 이제 계교를 내어 일을 확실히 하고, 후환을 없애야 할 듯하다."

그날로 즉시 변씨가 해룡을 불렀다.

"외숙의 병이 위중하여 목숨이 위태롭다는 기별이 왔다. 내가 가 보지 않을 수가 없구나. 소룡과 더불어 급히 가 봐야겠다. 집을 비워 둘 수 없으니, 네가 오늘 집에 와서 자고 우리가 다녀올 수 있게 해 주었으면 싶구나."

해룡이 쾌히 응낙하고, 관아에서 나와 바깥채에서 혼자 머물다 잠자리에 들었다. 그런데 그날 밤 깊은 시각에 홀연 집에 큰불이 나서 불꽃이 집 사면을 둘러싸고 불길이 하늘에 닿았다. 해룡이 깊이 잠들었다가 불이 난 것을 알고 놀라서 깨어났다. 급히 뛰어나와 보니, 불길이 더욱 일어나며 연기와 불꽃이 하늘에 가득하였다. 난데없는 바람까지 불길을 도와 집을 모두 태우고 나서야 마침내 불꽃이 사그라졌다. 그런데 희한하게도 해룡이 자던 바깥채에는 불꽃이 한 점도 범하지 않아 해룡은 무사할 수 있었다.

"하늘이 사람을 내시고서는 어찌하여 이토록 심하게 미워하고 괴롭혀 힘들게 하시는가."

해룡이 불 꺼진 마당에서 하늘을 우러러보며 탄식하였다.

이윽고 해룡은 방으로 들어가 자신의 방 한쪽 벽에 글을 쓰고, 장삼의 묘에 나아가 한바탕 통곡을 하였다. 그러고는 갑자기 몸을 떨치고 일어나 길을 나섰다. 갈 곳을 알지 못하였으므로 그저 남쪽을 향하여 정처 없이 떠나갈 뿐이었다.

날이 밝자 변씨가 해룡이 반드시 불에 타 죽었으리라 생각하며 집터에 와 보았다. 그런데 온 집이 다 타서 무너졌으되, 다만 해룡이 있던 방만은 타지 아니하였다. 그 방 벽에 글이 쓰여 있거늘, 내용은 이러하였다.

하늘이 해룡을 내심이여! 운명이 기구하도다.

난중에 부모를 잃음이여! 산길을 헤매었도다.

이 집에 인연이 있음이여! 십여 년 보살핌을 받았도다.

사랑과 뜻이 더욱 깊음이여! 돌아가시니 슬프도다.

은혜를 갚고자 함이여! 몸을 돌보지 아니하였도다.

죽을 곳에 보냄이여! 종일 밭을 갈고 살았도다.

살아 돌아옴이여! 기뻐하지 아니하는도다.

살옥에 집어넣음이여! 나의 불행이 끝나지 아니하였도다.

불을 놓아 사름이여! 다행히 화를 면하였도다.

이별을 당함이여! 눈물이 앞서는도다.

허물을 고침이여! 뒷날 다시 만나기 어렵도다.

전날을 생각함이여! 이 길이 뜻밖이로다.

변씨가 글을 읽은 후에 혹시 남이 볼까 염려하면서 즉시 태워 버렸
다. 그리고 변씨 모자는 집 안채를 마저 불사르고, 바깥
채에서 행랑살이하듯 살았다.

※ 살옥(殺獄) — 살인죄를 지은 사람을 가두는 감옥.

  ※ 행랑살이 — 남의 행랑(行廊, 대문간에 붙어 있는 방)에 살면서 대가로
    그 집의 심부름이나 궂은일을 해 주며 사는 일.

❷ **관련자 심문** | 사건을 신고한 사람, 범인으로 의심되는 사람, 범죄에 관련되어 있는 사람, 범행을 목격하거나 알고 있는 사람, 이웃 주민들을 대상으로 심문을 한다. 사건 관련자들이 이웃 사람들을 매수하여 거짓 증언을 하게 하는 경우가 아주 많으므로 이를 자세히 살펴야 한다.

❻ **흉기 찾기** | 사건이 일어나면 재빨리 살인에 사용된 흉기를 찾아 상처와 맞추어 보고 서로 일치하는지 확인해야 한다. 흉기 찾는 일이 늦어지면 범인이 이를 숨기거나, 증거를 조작할 수 있기 때문이다. 흉기를 찾으면 흉기의 이름과 개수를 기록하고, 크기를 잰 뒤 그림을 그려 상부에 보고한다.

❼ **기타** | 독을 먹고 죽은 것으로 의심이 되면 은으로 된 막대를 시체 목구멍에 넣어서 색이 검게 변하는지 확인하고, 물에 빠져 죽은 것으로 의심이 되면 정수리 부분에 따뜻한 물을 부어 콧구멍에서 고운 진흙과 모래가 나오는지 확인한다. 진흙과 모래가 나오면 살아 있을 때 물에 던져진 것이다. 『무원록』은 사망 원인에 따른 시신의 상태를 자세히 알려 주고 있다.

조선 시대의 살인 사건

사람이 죽었다,
『무원록』을 가져오너라!

해룡이 사는 마을에 살인 사건이 일어났다. 범인은 소룡이지만, 해룡이 소룡의 죄를 뒤집어쓰고 옥에 갇혔다. 해룡이 "살인한 사람은 나다!" 하고 소리치니까 차사가 냉큼 잡아 버렸다. 아무리 조선 시대라도 자백만 가지고 이렇게 사람을 잡아 가두지는 못했다. 자백을 받아 내기 위해 매질을 하기도 하고, 심한 경우 고문을 해 죽이는 경우도 있었지만, 그래도 살인 사건을 처리하기 위해서는 관련자들의 증언과 증거가 있어야 했다. 조선 시대의 살인 사건 현장을 찾아가 고을 수령이 어떻게 수사하고, 얼마나 과학적으로 검시(檢屍, 사람의 죽음이 범죄로 인한 것인가를 판단하기 위해 변사체를 조사하는 일)를 하는지 살펴보자.

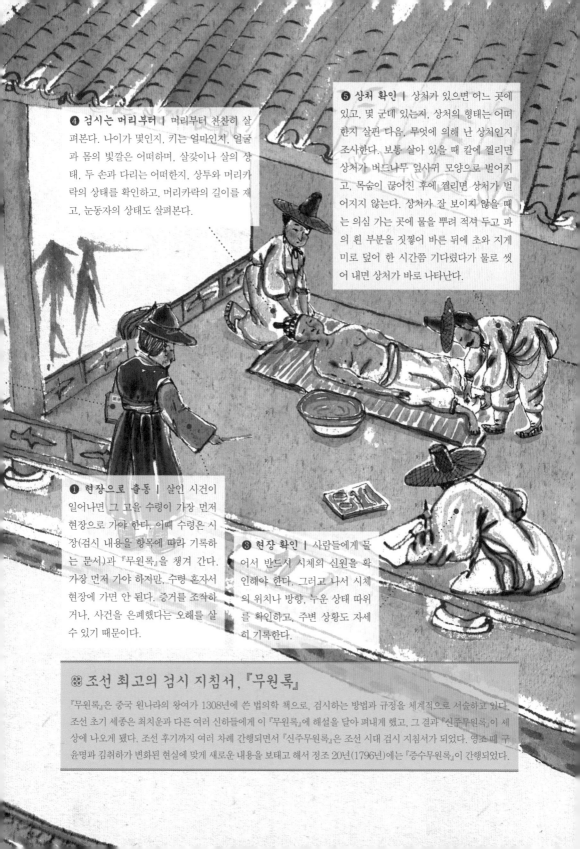

❹ 검시는 머리부터 | 머리부터 찬찬히 살펴본다. 나이가 몇인지, 키는 얼마인지, 얼굴과 몸의 빛깔은 어떠하며, 살갗이나 살의 상태, 두 손과 다리는 어떠한지, 상투와 머리카락의 상태를 확인하고, 머리카락의 길이를 재고, 눈동자의 상태도 살펴본다.

❺ 상처 확인 | 상처가 있으면 어느 곳에 있고, 몇 군데 있는지, 상처의 형태는 어떠한지 살핀 다음, 무엇에 의해 난 상처인지 조사한다. 보통 살아 있을 때 칼에 찔리면 상처가 버드나무 잎사귀 모양으로 벌어지고, 목숨이 끊어진 후에 찔리면 상처가 벌어지지 않는다. 상처가 잘 보이지 않을 때는 의심 가는 곳에 물을 뿌려 적셔 두고 파의 흰 부분을 짓찧어 바른 뒤에 초와 지게미로 덮어 한 시간쯤 기다렸다가 물로 씻어 내면 상처가 바로 나타난다.

❶ 현장으로 출동 | 살인 사건이 일어나면 그 고을 수령이 가장 먼저 현장으로 가야 한다. 이때 수령은 시장(검시 내용을 항목에 따라 기록하는 문서)과 『무원록』을 챙겨 간다. 가장 먼저 가야 하지만, 수령 혼자서 현장에 가면 안 된다. 증거를 조작하거나, 사건을 은폐했다는 오해를 살 수 있기 때문이다.

❸ 현장 확인 | 사람들에게 물어서 반드시 시체의 신원을 확인해야 한다. 그러고 나서 시체의 위치나 방향, 누운 상태 따위를 확인하고, 주변 상황도 자세히 기록한다.

❀ 조선 최고의 검시 지침서, 『무원록』

『무원록』은 중국 원나라의 왕여가 1308년에 쓴 법의학 책으로, 검시하는 방법과 규정을 체계적으로 서술하고 있다. 조선 초기 세종은 최치운과 다른 여러 신하들에게 이 『무원록』에 해설을 달아 펴내게 했고, 그 결과 『신주무원록』이 세상에 나오게 됐다. 조선 후기까지 여러 차례 간행되면서 『신주무원록』은 조선 시대 검시 지침서가 되었다. 영조 때 구윤명과 김취하가 변화된 현실에 맞게 새로운 내용을 보태고 해서 정조 20년(1796년)에는 『증수무원록』이 간행되었다.

해룡이 검을 받아
요괴의 가슴을 찌르니

　해룡이 변씨의 집을 떠나 남쪽으로 가다 보니 큰 산이 앞을 가로막았다. 어느 쪽으로 향해야 할지 몰라 주저하고 있을 때, 금령이 굴러 와 갈 길을 인도하였다. 금령을 따라 여러 고개를 넘어가니, 험한 바위가 겹겹이 쌓인 절벽 사이로 푸른 잔디와 평평한 암석이 내를 사이에 두고 바라다보였다.

　해룡이 바위에 앉아 잠시 쉬고 있는데, 문득 벼락같은 소리가 진동하며 금빛 털이 돋친 괴이한 짐승이 돌기둥 사이에서 시뻘건 입을 벌리고 달려들어 해치려 하였다. 해룡이 급히 피하려 하는데 때마침 금령이 재빨리 굴러와 막았다. 그러자 그 짐승이 몸을 흔들어 아홉 머리를 가진 괴물로 변하더니, 금령을 집어삼키고는 나왔던 굴로 되돌아가 버리는

것이 아닌가.

눈 깜짝할 사이에 이 일을 당하고, 해룡은 크게 놀라고 낙담하여 얼이 빠졌다.

"방울이 죽고 말았구나!"

해룡이 탄식하며 어찌할 줄 몰라 하였다. 이때 홀연 사나운 바람이 몰아치면서 공중에서 큰 소리가 들려왔다.

"그대 어찌 금령을 구하지 아니하고 그렇게 방황하는가? 급히 구하여라."

머리를 들어 보았으나 소리도 자취도 없었다.

'하늘이 가르치시니 구하지 않을 수 없으나, 나는 맨손뿐이요, 몸에 작은 쇠붙이 하나 든 것이 없으니 어찌 대적하겠는가?'

해룡이 잠시 고민하였다.

'하지만 금령이 없었다면 어찌 내 목숨을 부지하고 살아 있겠는가?'

해룡은 마음을 굳게 먹었다. 옷차림을 단단히 여미고 짐승이 사라진 돌기둥 사이로 한 번에 뛰어들었더니 눈앞을 분별할 수조차 없었다. 수삼 리를 들어가도 아무 자취가 없거늘, 작은 동굴 속을 죽을힘을 다하

여 기어 들어갔다. 그랬더니 어느 순간 갑자기 온 세상이 환해지고, 해와 달이 두루 비치는 탁 트인 곳이 나왔다.

두루 살펴보니 청석돌 비석에 황금빛 글자로 '남전산 봉래동'이라 새겨져 있었다. 구름 같은 돌다리 위에 만 길 폭포수가 흐르는 소리는 세상일을 잊어버릴 만하였다. 그곳을 지나 점점 더 들어가 출입문을 여니, 골짜기 속에 온갖 보석으로 호화롭게 치장된 대궐이 하늘에 닿아 밝은 빛을 내고 있었다. 또한 안쪽 성과 외곽 성이 은은하게 보였다. 자세히 보니 문 위에 크게 '금선수부'라 쓰여 있었다.

원래 이곳에 사는 금돼지는 하늘과 땅이 처음 열린 후에 해와 달의 정기를 받고 태어나 도를 깨달았으므로, 신통이 거룩하고 재주가 끝이 없었다.

해룡이 문밖에서 주저하며 감히 들어가지 못하고 엿보았다. 잠시 후 안에서 여러 여인들이 나오는데, 모습이 무척 아름답고 매혹적이어서 시골구석에 묻혀 사는 여인들로는 보이지 않았다. 해룡은 급히 풀숲에 몸을 숨기고 동정을 살폈다. 이윽고 네댓 명의 여인들이 피 묻은 옷을 광주리에 담아 이고, 서로 손을 잡아 이끌고 나와 시냇가에서 옷을 빨

았다. 여인들은 근심이 가득하여 서로 이야기하였다.

"우리 대왕이 전날에는 용기와 힘이 빼어나고 신통이 거룩하여 당할 자가 없었는데, 오늘은 나갔다 돌아오더니 홀연 속을 앓아 피를 무수히 토하고 기절하는구나. 그런 신통으로도 이런 병을 얻었으니 무슨 일인지 모르겠구나. 일찍 나으면 좋으려니와 만약 오랫동안 고생하며 낫지 못하면 우리들의 괴로움을 어디에 비할 수 있겠느냐?"

그중 한 여인이 소리를 죽여 말하였다.

"우리 공주께서 간밤에 신이한 꿈을 꾸셨다고 하네. 하늘에서 한 선관이 내려와서는 '내일 오시에 뛰어난 재주를 지닌 인물이 이곳에 와서, 악귀를 잡아 없애고 공주를 구하여 고국으로 돌아갈 터이니 염려 마라.'라고 말씀하셨다고 하네. 또 이런 말씀도 하셨다고 하네. '그 사람은 동해 용왕의 아들로서 그대와 전생의 연분이 있으니, 그대가 이렇게 요괴에게 잡히게 된 것도 하늘이 정해 준 운명이었노라. 사람의 힘으로 막지 못할 일이니 부디 하늘의 뜻을 어기지 말고 순순히 받아들여라. 그리고 행여라도 이 비밀이 새어 나가지 않도록 하라.' 그런데 오늘 오시가 지나도록 작은 소식조차 없으니 그런 꿈도 허사인가 싶네."

이들은 큰 소리로 말하지 말라고 서로 단속하면서 이야기하였다.

"우리는 언제나 이곳을 벗어나 고국으로 돌아가 부모님을 만나 뵈올 수 있을까? 공주님과 같이 잡혀 와 이렇게 고생하니, 이 또한 팔자이고 하늘이 정한 운명인가?"

여인들은 슬피 탄식하며 눈물을 흘렸다.

해룡이 이 말을 듣고 자기도 모르게 벌떡 일어나 풀포기를 헤치고 달

려 나갔다. 여인들이 놀라 달아나려 하니, 해룡이 만류하며 부탁하였다.

"놀라지 마시오. 나는 오직 악귀를 찾아 없애고자 이곳에 들어왔소. 그러니 아무런 의심도 하지 말고, 악귀가 있는 곳을 자세히 가르쳐 주시오."

여인들이 이 말을 듣고, 공주의 꿈을 생각하매 신기함이 이루 헤아릴 수 없었다. 여러 여인들이 해룡에게 다가와 울면서 말하였다.

"공자께서 우리들을 살려 내시어 공주님과 함께 고향으로 돌아갈 수 있게 된다면, 세상에 이런 큰 은혜가 어디에 또 있겠습니까?"

여인들은 해룡을 인도하여 대궐로 들어갔다.

중문은 첩첩이 깊고, 전각은 아름답고 성대하게 공중으로 솟아 있었다. 몸을 숨기며 가만히 들어가 한 곳에 이르니, 흉악한 요괴의 신음하고 앓는 소리가 전각을 움직일 듯하였다. 해룡이 뛰어올라 가 보니, 그 짐승이 상 위에 누워 앓다가 사람을 보고 냅다 몸을 일으켰다. 그러나 채 다 일어나기도 전에 고통스럽게 몸을 뒤틀며 다시 자빠졌다. 짐승은 배를 움켜쥐고 온몸을 뒤틀며 괴로워하다가 입으로 피를 시뻘겋게 토하며 거꾸러졌다. 해룡이 이 모습을 보고 짐승을 죽이려 했으나, 손에 무기가 없어 어쩔 줄 몰라 하였다.

이때 홀연 칠보 장식을 단 붉은 치마를 입은 한 미인이 가볍게 걸어

※ **오시(午時)** — 십이시(十二時)의 일곱째 시. 오전 열한 시부터 오후 한 시까지이다.
※ **칠보(七寶)** — 불교에서 말하는 일곱 가지 보배.

와 벽 위에 걸린 보검을 해룡에게 급히 가져다주었다. 해룡이 검을 받아 들고 단숨에 달려들어 요괴의 가슴을 여러 차례 찔렀다. 그러자 짐승의 숨이 끊어지더니 몸이 늘어져 버렸다. 죽은 후에 보니 그 짐승은 금털과 금수염이 굳세게 돋은 흉악한 돼지였다. 이 짐승은 본디 수천 년을 산속에 있다가 도를 깨달았으므로, 사람의 모습을 하고 있으면서 모습을 바꾸는 능력도 끝이 없었다. 요괴의 가슴을 베어 헤치고 보니, 금령이 굴러 나왔다. 이에 해룡이 크게 반가워하였다.

해룡이 둘러선 여인들을 향해 소리를 질렀다.

"너희 수십여 명이 혹시 요괴가 변신한 것으로, 내가 그대들에게 속아서 여기에 있는 것은 아닌가?"

모든 여인들이 일시에 꿇어 앉아 고하였다.

"저희들은 요괴가 아니라 사람입니다. 우리 팔자가 기구하여 악한 요괴에게 잡혀 와 험한 욕을 당하며 요괴 밑에서 심부름하는 종이 되었습니다. 목숨만 부지한 채로 죽지도 살지도 못하고, 어느 때 다시 세상을 만나 볼까 기대하며 이곳에 어쩔 수 없이 있었습니다. 그리고 아까 공자에게 보검을 드렸던 사람이 바로 천자의 독녀이신 금선공주이십니다."

이 말을 채 마치기도 전에 미인 한 사람이 나왔다. 아름다운 옷자락을 끌고 옥 같은 얼굴을 가리고 돌아서 있으니, 이 여인이 바로 금선공주였다.

공주가 부끄러워하며 해룡에게 고마움을 표하였다.

"정말로 나는 공주입니다. 육 년 전에 모후를 모시고 후원에 올라 달

구경을 즐기다가 이 요괴에게 잡혀 왔습니다. 지금까지 욕을 참으며 죽지 못하고 살아 있는 것은 시녀들이 밤낮으로 당번을 서면서 저를 지켰기 때문입니다. 마침 하늘이 준 큰 행운으로 그대가 구하여 주시어 다시 고국으로 돌아가 부황과 모후를 만나 보게 되었으니, 그야말로 각골난망의 은혜를 입었습니다. 무엇으로 다 갚아야 할지 모르겠사오며, 지금 바로 죽어도 한이 없을 듯하옵니다.”

공주가 말을 하다가, 감정이 북받쳐 소매로 얼굴을 가리고 흐느꼈다. 해룡 또한 자초지종을 다 듣고 슬퍼하며 위로하였다.

“이제 한시바삐 공주를 모시고 나가고 싶으나, 길이 험하여 먼 길을 그냥 가시기는 어려우실 것입니다. 잠깐만 기다리시면 제가 나가 이 지역 현에 고하고 예법에 맞는 차림을 갖추어 공주를 모시게 하겠습니다.”

“그대 간 후에 또 무슨 변이 있을지 어찌 알겠습니까?”

공주가 울며 함께 따라 나가기를 애걸하였다.

“저 금령은 하늘과 땅의 신비스러운 조화로 만들어진 신령스러운 것입니다. 재주가 끝이 없고 신통력이 기이하여, 요괴를 잡고 공주를 구하여 고국에 돌아가시게 한 것 또한 모두 금령의 공입니다. 금령이 아무리 어려운 일이 있을지라도 능히 공주를 구할 것이니, 이제 아무 염려 마옵시고 잠깐만 기다리소서.”

해룡이 다시 공주를 위로하고는 즉시 골짜기 밖으로 내달아 남경을

※ 각골난망(刻骨難忘) — 남에게 입은 은혜가 뼈에 새길 만큼 커서 잊히지 아니함.

향하여 갔다. 가는 길에 문득 보니 큰 네거리에서 여러 사람들이 모여 방을 읽고 있었다. 해룡이 이상하게 여겨 사람들을 헤치고 들어가 자세히 보았다. 그 방의 내용은 이러하였다.

황제가 천하에 반포하노라. 짐이 덕이 없어 일찍이 태자가 없고 다만 공주 하나를 슬하에 두어 손안의 보옥같이 사랑하였느니라. 모월 모일 모야에 난데없이 몹쓸 요괴가 나타나 공주를 잡아갔나니, 만일 공주를 찾아 바치는 자가 있으면, 나라를 반으로 나누어 주어 부귀를 누리게 하고 여생을 나와 함께하리라.

해룡이 읽고 나서 즉시 방을 떼니, 그곳에서 방을 지키던 관원이 놀라서 해룡을 붙잡았다. 방을 뗀 이유를 묻자, 해룡이 말하였다.
"내가 방을 뗀 사정이 있으나, 이곳은 번화한 곳이라 함부로 말을 하지 못하겠구나."
해룡은 관원과 함께 상관에게 가서 공주를 구한 사연과 일의 과정을 처음부터 끝까지 고하였다. 그러자 관원이 크게 기뻐하며 해룡을 대청 위에 올려 앉히고 축하하였다.
"이와 같은 일은 세상에 보기 드문 경사입니다."
해룡이 또한 앞뒤의 일들을 다 말하고, 예법을 갖추어 공주를 구하러 바삐 떠날 것을 요청하였다. 그러자 자사가 관군과 지방관들을 거느리고 해룡과 함께 남전산을 향해 나아갔다.
해룡이 골짜기 밖으로 나올 때는 무심히 나왔는데, 겹겹이 둘러싸인 산속으로 다시 들어가서는 요괴의 궁으로 가는 길을 잃어 방황하였다.

이때 홀연 금령이 앞에 나타나서 길을 인도하였다. 자사가 금령의 모양과 거동을 보고 신기하게 여기며, 금령을 따라 골짜기 안으로 점점 더 들어갔다.

이때 금선공주는 해룡을 골짜기 밖으로 내보내 놓고, 하늘에 기도하며 간절히 기다렸다.

"공자가 무사히 돌아와 우리와 함께 고국으로 돌아갈 수 있게 하옵소서."

문득 떠들썩한 소리가 들려 쳐다보니 금령이 굴러 오고, 그 뒤로 수많은 군사와 군마가 따라 들어오고 있었다. 공주가 크게 기뻐하며 시녀를 대동하고 행렬이 오는 모습을 바라보았다. 자사가 오더니 말에서 내려 공주 앞에 엎드렸다.

"이처럼 괴로운 일을 겪으시게 함은 다 신의 불충이로소이다. 이렇게 모시게 되어 천만다행입니다."

자사가 공주에게 몹쓸 요괴로부터 겪은 괴로움을 여쭈며 안부 인사를 올렸다.

공주를 모셔 가마에 앉게 하고, 시녀들로 하여금 가마 주위를 둘러싸고 나가게 하였다. 또한 수십 인의 여인들이 공주를 모시고 함께 뒤따라 나왔다. 사람들이 다 나간 후, 해룡이 홀로 동굴 안에 남아 불을 지

※ **자사(刺史)** ― 중국 한나라 때에, 군(郡)과 국(國)을 감독하기 위하여 각 주에 둔 감찰관. 당나라와 송나라를 거쳐 명나라 때 없앴다.

르고 요괴가 살던 궁의 흔적을 모두 없애 버렸다. 금령을 데리고 골짜기 밖으로 나오니, 자사와 따라다니는 종들이며, 군사들이 기다리고 있다가 해룡을 보고 안부를 물었다. 또한 그들이 해룡을 칭송하는 소리가 산천을 움직일 듯하였다.

자사는 공주를 별당에 모셔 머무르게 하고, 객사를 정돈한 곳에는 잔치를 베풀어 해룡이 즐기도록 하였다. 또한 이 사연을 바로 천자께 글로 적어 아뢰고, 공주와 해룡을 극진히 대접하였다. 이 소식을 듣고 여러 곳에서 바친 선물이 끊이지 않아 이루 헤아리지 못할 정도였다.

공주는 금령을 품에서 놓지 않고 밤낮으로 안고 애지중지하였다. 길을 재촉하여 경성으로 올라올 때 수십 인의 여인들도 함께 따라왔다.

그간 천자와 황후는 졸지에 공주를 잃고 밤낮으로 슬퍼하며, 먹지도 자지도 못하고 번뇌하였다. 이에 모든 일에 경황이 없어서 정사에 정성을 쏟지도 못하였다. 오로지 공주를 걱정하고 그리워하는 데에만 마음을 기울이고 있다가 이런 기쁜 기별을 듣게 된 것이었다. 황제가 처음엔 반신반의하여 말을 하지 못하다가, 마침내 자사가 올린 글을 보고 뛸 듯이 기뻐하며 즐거워하였다. 또한 궁내며 궁외, 장안 백성의 환성이 물 끓는 듯하였다.

모든 신하들이 찾아와 축하를 올리는 가운데, 황제가 온 얼굴에 기쁨을 띠고 청주 자사가 올린 글을 반포하며 명하였다.

"용맹한 기병 삼천 명을 선발하여 공주의 행차를 보호하라."

그러고 나서 친히 공주를 맞이할 준비를 하였다.

이제 장해룡의 공로는 한 세대에 보기 드문 바가 되었다. 이에 황제가 손수 글씨를 써서 명하였다.

해룡을 거기장군으로 명하여 공주를 배행토록 하라.

해룡은 올라오는 도중에 길에서 천자의 명령이 적힌 문서를 받고, 북쪽을 향해 네 번 절한 뒤에, 말만 한 대장군 인수를 허리 아래 비스듬히 차고, 각 읍 수령들을 거느리고 행군하였다. 위엄 있는 태도와 법도에 맞는 질서가 빛나고 거룩하여, 사람들 가운데 큰 소리로 칭송하지 않는 이가 없었다.

※ 거기장군(車騎將軍) ─ 말을 타고 싸우는 병사인 기병을 통솔하는 무관직.
※ 인수(印綬) ─ 인(印)이란 천자(天子) 이하 여러 관리의 관직이나 작위를 표시하는 도장이며, 수(綬)는 그 도장의 꼭지에 꿴 30센티미터 정도의 끈이다. 관직에 취임하면 그에 해당하는 관인과 끈이 주어지는데, 그것을 항상 몸에 지니고 있었기 때문에 '인수를 찬다'라는 말은 관직에 임명되었다는 뜻이다.

황제의 사위가 된 해룡

　해룡과 공주 일행은 밤낮을 가리지 않고 이틀 길을 하루에 달려 황제가 있는 성에 이르렀다. 천자가 모든 벼슬아치들을 거느리고 성 밖에 나와 직접 맞이하였다. 이때 성 밖과 성안의 백성들이 길에 가득히 나와서 만세를 부르고 기뻐서 춤을 추니, 환성이 먼 곳까지도 진동하였다. 곧바로 대전에 들어가니, 황후가 공주를 보고는 크게 기뻐하며 끌어안고 볼을 부비며 통곡하였다. 황제도 곁에서 눈물을 흘렸다.

　한동안의 흥분이 가라앉자 공주가 울음을 그치고 그동안의 사연을 황상과 황후께 아뢰었다. 요괴에게 잡혀가 동굴 속 궁궐에 갇혀 고행을 겪던 사연부터 요괴가 죽기 전날에 꾼 꿈까지 공주의 긴 이야기는 계속되었다.

"꿈에 선인이 내려와 이르시길, '동해 용왕의 아들이 인간 세상에 났으니 속세의 연분을 이루라.' 하며, '금일 오시에 이곳에 들어와 요괴를 잡고 같이 나가 부왕과 모후를 반기리라.' 하던 말이 귀에 쟁쟁하옵니다."

또한 하늘과 땅의 신비스러운 조화로 이루어진 금령의 신통력이 기이하여 온갖 재주를 부린다는 이야기와 해룡이 요괴를 잡던 때의 일을 처음부터 끝까지 낱낱이 고하였다.

황후가 금령을 어루만지며 감격하여 말하였다.

"하늘이 너 같은 영물을 내시어, 거룩한 신통과 비상한 재주로 그런 몹쓸 요괴를 잡게 하였구나. 잃었던 공주를 다시 만나 나의 타고난 명을 온전케 하였으니, 이는 다 네 덕이요 장해룡의 공이라. 이렇게 두터운 은혜를 무엇으로 갚으리오?"

이에 황제가 황극전에 자리를 잡고 앉아, 문신과 무신, 종신, 외척, 그리고 가까이에서 황제를 모시는 궁녀들까지 모두 다 모았다. 황제가 이 가운데 해룡을 부르니, 해룡이 들어와 여러 번 절하며 감사 인사를 올렸다. 황제가 해룡을 보니 용모가 당당하고 풍채가 늠름하여 세상에 보기 드문 영웅이었다. 또한 재주와 슬기가 뛰어나고, 용기와 기개가 있는 한 시대의 대장부였다. 천자가 한눈에 흡족하여 해룡의 손을 잡고 말하였다.

"이제 경의 큰 공을 의논할진대, 태산이 낮고 바다가 얕으니 어찌 비교할 수 있으리오. 공의 은공을 어떻게 갚아야 할지 모르겠노라."

이어 공주가 꾼 꿈에 대해 이야기하였다.

그리고 나서 황제는 해룡을 부마로 삼고자 하는 뜻을 밝혔다.

"공주의 꿈 이야기를 들을진대, 공주와 그대가 하늘이 정한 배필이로다. 공주가 비록 주 문왕의 어머니와 무왕의 어머니가 지녔던 높디 높은 덕을 모두 갖추지는 못하였으나, 족히 경의 처가 될 수는 있으리니, 경은 공주를 더럽다 말고 이 뜻을 받아라."

황제는 바삐 예부에 명하여 혼례 날짜를 잡으라 하였다. 그리고 호부에 명하여 청화문 밖에 새로 별궁을 짓고 화원을 만들어 이를 통해 궐내로 출입하도록 하였다. 또 예부로 하여금 혼사 준비를 갖추게 하며 모든 일들을 직접 주관하였다.

해룡이 황제의 은덕에 감사하며 물러났다. 그날부터 해룡은 어림군을 총독하였다. 군기와 군법을 가르치고 연습하며, 밤낮으로 나태함 없이 분주하게 국사를 극진히 살폈다.

어느덧 택일한 혼인날에 이르렀다. 해룡은 예법에 맞는 차림을 갖추고 궐내에 들어가 공주를 맞이하였다. 시녀들이 공주가 탄 금으로 장식한 가마를 둘러싸고 별궁으로 모시고 돌아와 향과 초를 피웠다. 해룡은 금 안장을 얹은 준마에 금관 옥대를 두르고 옥홀을 손에 쥐고 악대를 갖추어 큰길로 의젓하게 들어왔다. 그 풍채가 늠름하여 당대의 가장 뛰어난 남자요, 국가의 재목이라 할 만하였다. 길에서 구경하던

※ 부마(駙馬) — 임금의 사위.

※ 옥대(玉帶) — 임금이나 관리의 공복(公服)에 두르던 옥으로 장식한 띠.

사람들 중에 이를 칭찬하지 않는 이가 없었다.

공주와 부마가 단에 올라 자리에 앉았다. 공주의 아름다운 자태와 용모에 햇빛이 눈부셔하고 꽃이 부끄러워하며 달도 그 빛을 잃으니, 어디 하나 아니 고운 데가 없었다. 부마는 밝은 달같이 맑은 성품에 강산의 빼어난 정기를 품었으니, 일대의 영웅이요 국가의 귀인인지라 모든 벼슬아치들이 감탄하였다.

황제가 황후와 함께 별궁으로 돌아오니, 부마와 공주가 내려와 맞이하여 함께 당에 올랐다. 부마는 천자를 모시고, 공주는 황후를 모시고 앉았다. 향 타는 연기가 은은하고, 빛나는 패옥은 맑은 소리를 내며 부딪쳤다. 예법을 갖춘 모습이 위엄 있고 의젓하면서도, 화기애애하기가 그지없었다.

다음 날 황제가 황극전에서 모든 벼슬아치들에게 큰 잔치를 베풀었다. 황후는 내전에서 여러 대신 부인들과 더불어 잔치하였다. 공주는 두 곳을 왔다 갔다 하며 모든 사람들과 함께 혼인을 축하하고 기뻐하였다. 온갖 진수성찬이 갖추어져 있고, 귀부인들이 가득 앉아 있으니 광채가 햇빛보다 더 찬란하였다.

이때 장 부마는 나라의 은혜를 입고 귀하게 되었으나, 지극한 영화를 보여 드릴 부모님이 없음을 생각하매 마음 한쪽이 허전하였다. 그러나

※ 패옥(佩玉) — 왕과 왕비의 법복이나 문무백관의 조복(朝服)과 제복의 좌우에 늘이어 차던 옥. 흰 옥을 이어서 무릎 밑까지 내려가도록 했다.

사람이 어찌할 수 없는 일이므로 이전 일들은 다 잊으려 노력하였다. 공주와 더불어 화평하게 즐기고 낮이면 천자를 모시고 국사를 다스리니, 밤낮으로 임금을 섬기는 마음이 정성스럽고 지극하였다.

공주가 황제에게 청하여, 예전에 요괴에게 함께 잡혀갔던 여인들에게 각각 천금을 내려 제집으로 돌려보내도록 하였다. 이에 모두가 공주의 덕을 칭송하며 고향으로 돌아갔다.

치솟는 불길을 뚫고 해룡을 구하다

이때 북쪽의 흉노 천달이라는 자가 망한 원나라를 회복하고자, 병사 백만 명과 날랜 장사 천여 명을 거느리고 일어났다. 천달의 무리는 호각이라는 자를 선봉으로 하고 설만춘을 구응사로 삼아 황하를 건너 물 밀듯이 쳐들어왔다. 천달의 군대가 지나가는 군과 현마다 모두가 두려워하며 항복하고 복종하였다. 그리하여 이들은 며칠 만에 삼십육 개의 군을 병합하며 거침없이 나아갔다. 이에 북방의 모든 읍들이 크게 흔들리고 혼란스러워하였다. 황제가 이 기별을 듣고 크게 놀라서 온 조정의 문관과 무관을 모아 의논하였다. 하지만 많은 신하들 중에서 이에 응답하는 자가 한 사람도 없으니 속수무책이었다.

황제가 탄식하고 있는데, 문득 신하들이 서 있는 가운데로 한 사람이

성큼 걸어 나왔다.

"신이 나이 어리고 아는 바 없사오나, 원컨대 한 무리의 병사를 내어 주시면 북쪽의 흉노를 모두 쓸어버리고 임금의 은혜를 만분의 일이나 마 갚고자 하나이다."

이는 부마도위 장해룡이었다. 황제가 듣고 한참 동안 말없이 깊이 생 각하다가 답하였다.

"짐이 경의 재주와 모략을 알지만, 전장은 사지(死地)라. 그런 위험 한 곳에 보내 놓고 짐의 마음이 어찌 편하겠으며, 황후가 이 일을 쉽게 허락하실 수 있겠는가?"

부마가 고개를 숙이고 엎드려 아뢰었다.

"신이 듣기로는 국난을 당하면 부모도 돌아보지 않고 나랏일에 전념 한다 하옵니다. 이런 난을 당하였는데 처자식을 염려하여 국가의 대사 를 그릇되게 하겠습니까?"

해룡의 말에 위엄이 있고 당당하며 사기가 씩씩하여 믿을 만하였다. 황제 또한 그 뜻을 막지 못하여 부마를 즉시 '진북대장군 수군도독'으 로 임명하고, 백모황월과 상방검을 내려 군대에 위엄을 더하게 하였

※ **흉노**(匈奴) ─ 중국의 이민족인 오호(預胡) 가운데 진(秦)나라·한(漢)나라 때에 몽골 고원 에서 활약하던 기마 민족.

※ **부마도위**(駙馬都尉) ─ 임금의 사위에게 주던 칭호.

※ **백모황월**(白旄黃鉞) ─ 백색 술을 붙인 황금빛 도끼. 제왕이 전군을 통솔하는 대장에게 수여 하는 병권의 상징.

다. 해룡이 명을 받고 물러 나와 장수와 병졸을 나누고 행군하였다. 해룡의 호령이 엄숙하고 위엄을 갖춘 모습이 가지런하여, 옛날 주아부의 법도를 본받았다 할 만하였다.

황후가 이 일을 듣고 크게 놀라 해룡을 타이르고자 하였다. 하지만 이미 출병하게 되었으므로 하릴없이 따를 수밖에 없었다.

"북쪽의 흉노를 소멸하고 큰 공을 세워 개선가를 부르며 돌아와 짐의 마음을 저버리지 말라."

이에 장 원수가 엎드려 의기양양한 말로 황후와 공주를 위로하였다.

황제가 신하들을 거느리고 출정하는 군을 친히 전송하면서, 장 원수의 손을 잡고 거듭 당부하였다.

"국경 밖은 경이 제지하고 국경 안은 짐이 제지하리니, 명령을 어기는 자는 먼저 처형한 뒤에 짐에게 보고하도록 하라."

황제는 날이 늦어서야 대궐로 돌아왔다.

장 원수는 큰 군대를 지휘하여 힘차게 앞으로 나아갔다. 군대의 깃발과 창칼은 해와 달을 가리고, 북소리와 함성이 산천을 움직였다. 그곳에 소년 대장 한 사람이 봉황 날개를 새긴 투구에 황금 갑옷을 입고, 오른손에는 양날 검을 잡고 왼손에는 새의 흰 깃털로 만든 부채를 쥐고, 서역 대완국의 천리마를 타고 서 있었다. 사람은 하늘의 신 같고, 말은 하늘을 나는 용 같았다. 군의 질서가 가지런하고 위엄이 있어서 일대의 영웅이요, 재주와 슬기가 뛰어난 남자라 아니할 수 없었다. 거침없이 나아가니 보는 사람마다 칭찬하지 않는 이가 없었다.

이때 호각이 군사를 거느리고 남창에 다다라, 장 원수의 대군을 만나

미항령 아래 진을 쳤다. 호각은 다섯 가지 색으로 꾸민 수레를 몰아 진 앞에 나섰다. 허리는 열 아름이요, 얼굴은 수레바퀴 같고, 누런 머리카락이 검은 얼굴을 덮었으며, 손에는 긴 자루에 날을 붙인 칼을 들고 내달려 나왔다. 왼쪽엔 설만춘이, 오른쪽엔 호달이 호각을 엄호하고 있는데 저마다 신장이 구 척이요, 얼굴이 흉악하고 괴이하게 생겼다.

명나라에서도 진영의 문이 열리는 곳에 대장 하나가 깃발 아래로 나섰다. 얼굴은 백옥 같고, 곰의 등에 이리 허리요 원숭이의 팔이었다. 기세가 늠름하고, 위엄 있는 모습이 가지런하였으며, 당당한 풍채와 태도가 보는 사람을 놀라게 하였다. 또한 빼어난 위세가 북해를 뒤엎을 듯하였다.

호각이 명군을 한번 바라보고는 크게 소리쳤다.

"젖비린내 나는 어린아이가 하늘이 정한 때를 모르고 망령되게 전장에 나와 어른을 욕보이고자 하는구나. 네가 어찌 칼 아래 놀란 넋이 되고자 하느냐?"

장 원수가 크게 노하여 좌우를 돌아보며 소리쳤다.

"누가 나를 위하여 나가서 저 도적을 잡아 근심을 덜어 주리오?"

　말을 채 마치기도 전에 한 장수가 내달리니, 이는 양춘이었다. 칼을
들고 춤추듯 나아가 바로 호각을 공격하였다. 그러자 호의 진영에서
설만춘이 창을 겨누고 말을 내달려 나와 호각을 도와 싸우되, 오십여
차례나 칼이 부딪히도록 승부를 내지 못하였다. 문득 설만춘이 거짓으
로 패한 척하며 달아나거늘, 양춘이 서둘러 쫓아가며 크게 소리쳤다.

　"적은 도망치지 말고, 어서 빨리 내 칼을 받아라."

　이때를 노려 설만춘이 가만히 활을 쏘니, 양춘이 무심결에 뒤따라가
다가 왼편 어깨에 화살을 맞고 말에서 떨어지고 말았다. 그러자 명나
라 진영에서 장만이 달려 나와 양춘을 구하여 돌아갔다. 이에 설만춘
이 말을 돌려 뒤따르거늘, 장만이 크게 노하여 칼을 비껴들고 설만춘
을 맞아 싸웠으나 십여 차례 칼이 부딪히도록 승부를 가리지 못하였다.
이때 호달이 내달려 나와 좌우를 치며 승리하고 들어오니, 장만이 패
하여 도망하였다. 장 원수가 이 광경을 지켜보다가, 징을 쳐 군사를 거

두고 양춘을 치료하라 하였다.

다음 날 호각이 승부를 겨루자며 명나라 진을 향해 무수히 욕을 하고 좌우로 말을 타고 부산히 돌아다녔다. 이에 장 원수가 크게 노하여 창을 겨누고 말을 내달려 호각과 대적하여 싸웠다. 하지만 칼이 백여 차례 부딪히도록 승부를 내지 못하였다. 양 진영의 군사들이 물 끓듯 하고 두 장수의 기세가 높아져 서로 떨어질 줄 모르더니, 문득 호의 진영에서 징을 울려 군사를 거두어들였다.

호각이 진영으로 돌아와 여러 장수들을 모아 놓고 말하였다.

"내가 명의 장수가 나이 어리기에 업신여겼는데, 이제 보니 그 용기와 힘이 예사롭지 않아 감당하기 어렵도다. 아무래도 계책을 써서 잡아야 하겠느니라."

이어 어떤 계교를 내었는지 병졸들이 진의 문을 굳게 닫고 군대의 깃발을 누이며 칼과 창들을 옮기기 시작하였다. 그리고 며칠이 지나도 밖으로 나오지를 아니하였다.

내막을 알지 못하는 장 원수가 직접 가서 싸움을 돋우었다. 그러자 적장 호각이 진의 문을 열어젖히고 크게 외치며 달려들었다.

"오늘은 승부를 제대로 겨루어 보자. 만일 내가 너를 잡는다면 너는 죽음을 면치 못할 것이다."

호각이 창을 들고 달려들자 장 원수가 크게 노하여 맞서 싸웠으나, 칼이 오십여 차례 부딪히도록 승부를 내지 못하였다.

팽팽한 승부 중에 문득 호각이 말을 돌려 달아나기 시작했다. 호각은 진영으로 돌아가지 않고 산골짜기 쪽으로 달아났다.

장 원수가 이를 뒤쫓아 가며 생각하였다.

'적이 간교한 계교를 부리는 것이 분명하다. 그러나 내 어찌 그런 것을 두려워하리오!'

바삐 채찍을 휘둘러 양산 골짜기 안으로 따라 들어갔다. 거의 호각을 따라잡게 되었다고 생각할 즈음이었다. 모퉁이를 도니 호각은 어디로 갔는지 보이지 않고, 좌우에 지푸라기로 만든 허수아비들이 수없이 서 있었다. 이에 장 원수가 크게 의심하면서 말을 돌리려고 하였다. 이때 홀연 커다란 대포 소리가 나고 두 편 언덕 위에서 불이 일어나더니, 불꽃이 하늘을 찌를 듯이 높이 솟아올랐다. 그 많은 허수아비들이 모두 화약을 싸서 세운 지푸라기들이었다. 허수아비들이 연이어 터지며 불기둥이 되어 치솟으니, 한 치 앞도 볼 수 없이 연기와 불꽃이 가득하였다. 나아갈 길이 막혔을 뿐만 아니라 불길이 이미 가득 차서 돌아갈 길조차 없었다.

장 원수가 하늘을 우러러보며 탄식하였다.

"적을 업신여겼다가 오늘 이런 곳에 와서 죽게 될 줄을 어찌 알았겠는가!"

장 원수는 비장한 마음으로 칼을 빼어 자결하고자 하였다.

이때 문득 서남쪽으로부터 금빛 덩어리가 둥둥 떠서 다가왔다. 자세히 보니 금령이 불길을 무릅쓰고 들어오는 것이 아닌가. 금령이 장 원수 앞에 이르러 찬바람을 불어 내니, 연기와 불꽃이 장 원수 앞에는 미치지 못하고 다른 방향으로 물러갔다.

장 원수가 금령을 보고 반가운 마음을 이기지 못하여 손으로 어루만지며 말하였다.

"여러 차례 나를 살려 준 은혜를 생각하니, 태산이 오히려 가볍고 바다와 강이 오히려 얕으리로다. 이 은혜를 어찌 다 갚을 수 있으리오?"

눈 깜짝할 사이에 불길이 모두 사그라지고 길이 열렸다. 장 원수가 크게 기뻐하며, 금령을 데리고 길을 찾아 진영으로 돌아왔다. 여러 장수와 군졸들은 당황하여 어쩔 줄을 모르고 있다가 뜻밖에도 장 원수가 살아 돌아오는 것을 보고는 펄쩍펄쩍 뛰며 기뻐하고 신기해하였다. 환성을 지르는 소리가 천지를 진동하는 듯하였다.

장 원수가 지휘대에 앉아 모든 장수와 군졸들을 불러 긴밀히 명하였다.

"호적은 내가 죽은 줄 알 것이다. 그러니 오늘 밤 저들이 반드시 우리 진을 기습 공격할 것이다. 이제 우리가 계교를 써야 하리라."

다시 여러 장수들을 불러 귀에 대고 일렀다.

"제군들은 여차여차하여라. 약속을 잊지 말고 자신의 맡은 임무를 다하라."

약속을 정한 후에 가만히 진을 다른 데로 옮기게 하였다.

한편 호각은 장 원수를 유인하여 산골짜기 안에 넣어 놓고, 자기 진영으로 돌아와 여러 장수들을 불러 말하였다.

"장해룡이 비록 하늘로 솟고 땅속으로 들어가는 재주와 용기가 있다고 하나, 어찌 오늘 저 불길을 벗어나 죽음을 면하겠는가? 오늘 밤에 능히 명나라 진영을 습격하여 없애 버릴 수 있으리라."

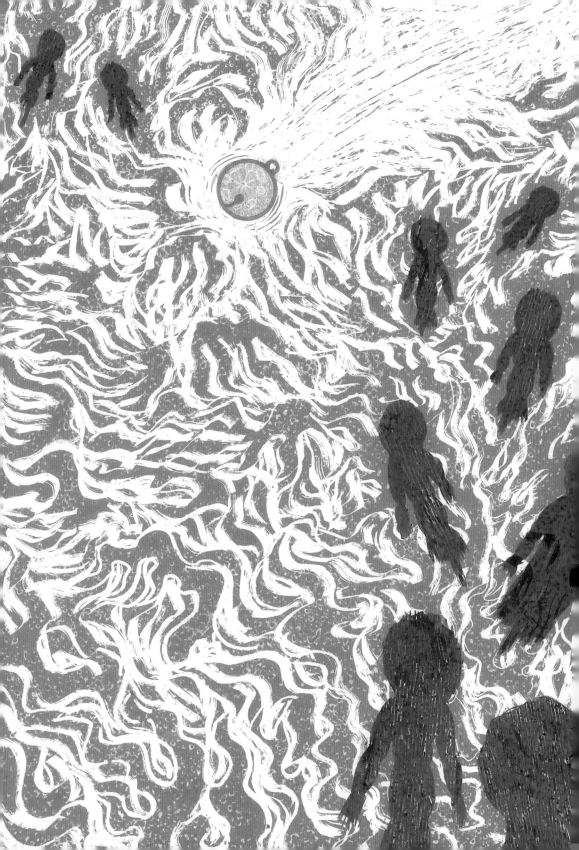

이날 밤에 호각이 군을 거느리고 가만히 명나라 진영으로 들어갔다. 그러나 진영 안에 사람은 하나도 없고, 빈 장막들만 남아 있었다. 이에 호각이 크게 놀라서 급히 군사를 되돌리려 하였다. 그런데 문득 한 발의 대포 소리가 나더니, 한 장수가 길을 막으며 칼을 높이 쳐들고 소리쳤다.

"적장 호각은 나를 아느냐?"

호각이 놀라고 당황하여 눈을 들어 보니, 이는 곧 장 원수가 아닌가.

몹시 놀라 얼굴빛이 하얗게 질린 호각은 미처 손을 놀리지도 못하고 얼어붙어 있었다. 바로 그 순간, 장 원수의 칼이 빛나는 곳에 호각의 머리가 말 아래로 떨어졌다. 만철, 호달 같은 장수들이 호각의 죽음을 보고, 혼이 빠진 듯 어쩔 줄 몰라 하다가 자기 진영으로 달아났다. 이들이 서둘러 본채에 이르러 보니, 이미 명의 군대가 깃발을 세우고 있었다. 이미 와 있던 명나라 장수 장만이 내달려 나와 한 창으로 호달을 찔러 죽였다. 또 설만춘이 달아나다가 양춘을 만나 한 칼에 죽임을 당하였다. 양춘은 적의 남은 장수와 군졸들을 다 멸하고 돌아왔다.

장 원수가 무척 기뻐하며 큰 잔치를 벌이고 군졸들 전체에게 상을 내렸다. 또한 모든 장수들을 모아 술을 권하고 후하게 상을 내렸다. 이어 싸움에서 승리한 소식을 글로 써서 조정에 올려 고하고, 곧바로 회군하여 서울로 향하였다. 지나가는 길목의 군과 현마다 풀이 바람에 몸을 숙이듯 장 원수에게 복종하였으며, 장 원수를 정성으로 맞이하고 보내느라 몹시 분주하였다.

한편 황제는 부마를 전장에 보내고 나서, 밤낮으로 염려하여 제대로

먹지도 자지도 못하였다. 이러던 와중에 장 원수가 승리했다는 소식이
도착하니 황제가 크게 기뻐하였다.

"나이 어린 대장이 어찌 이같이 능력이 기이한가?"

황제의 얼굴에 웃음이 가득하였다. 신하들의 축하가 끊이지 않았고,
온 나라에 기쁨의 환성이 진동하였다.

황제가 사관을 보내어 장 원수의 행차를 위로하고, 서둘러 군사를 이
끌고 돌아오라고 재촉하였다. 여러 날 만에 장 원수 일행이 가까이 이
르렀다는 소식이 들리자, 황제가 몸소 모든 벼슬아치들을 거느리고 십
리정에 나아가 원수를 맞이하였다. 황제가 멀리서 장 원수가 오는 모
습을 바라보며 감탄하였다.

"오, 원수의 위엄 있는 태도를 보라. 군대의 대열이 질서 정연한 것
이 마치 주아부의 풍모와 같구나."

모든 벼슬아치들을 돌아보며 말하였다.

"장해룡은 진실로 장군의 기질과 습성을 갖추었으니, 능히 나라의
기둥이 될 인재요, 주춧돌이 될 신하니라. 어찌 돌보지 않으리오?"

이에 모든 벼슬아치들이 만세를 부르고, 나라가 최고의 인재를 얻었
음을 축하하였다.

이윽고 장 원수 일행이 이르러 황제를 뵙고 인사를 올리니, 황제가
반가워하며 장 원수의 손을 잡고 등을 어루만졌다.

※ 사관(辭官) — 황제의 명령을 전달하는 일을 맡아보던 벼슬아치.

"짐이 경을 전장에 보내고 밤낮으로 먹고 자는 것이 불안하였노라. 이제 경이 도적을 멸하고 개선가를 부르며 돌아와 짐의 근심을 없애 주었으니, 지난날 장량과 공명인들 이보다 뛰어나겠는가? 경의 공을 무엇으로 다 갚으리오?"

장 원수가 엎드려 대답하였다.

"폐하의 큰 복이요, 여러 장수들의 공 덕분입니다. 어찌하여 신의 재주가 뛰어나다 하시나이까?"

이에 황제가 더욱 기특하게 여겼다.

황제는 즉시 장 원수를 데리고 대궐로 돌아왔다. 모든 벼슬아치들을 모으고 장 원수의 공로를 의논하여 '정북장군 위국공 좌승상'에 봉하였다. 해룡이 굳이 사양하며 받지 않으려 하였으나, 황제가 허락하지 않아 마지못하여 절하고 물러 나왔다. 장 승상이 집으로 돌아와 내당에 들어가 황후와 공주를 뵈니, 장 승상의 손을 잡고 감격스러워하였다.

장 승상의 공을 치하하고 서로의 안부를 물으며 기뻐하던 중 황후가 근심 어린 빛으로 말하였다.

"간밤에 금령이 이것을 두고 사라졌으니 무척 괴이하오."

장 승상이 놀라 받아 보니, 작은 족자였다. 괴이하게 여겨 펴 보니,

어린아이 하나가 난중에 부모를 잃고 우는 모습이었다. 그 아래에는 한 사람이 그 아이를 업고 어떤 마을의 집으로 들어가는 모습이 그려져 있었다. 장 승상이 그림을 보고는 문득 깨달아 눈물을 머금고 자기 신세를 생각하였다.

'이것이 부모를 잃고 장공에게 의탁하여 자라게 된 내 사연을 그린 그림이로다.'

장 승상은 이것을 하늘이 주신 것이라 여겼다. 그리하여 족자를 단단히 간수하고 있으면서 때때로 꺼내 보고 서글퍼하였다.

※ **장량(張良)** — 한나라 고조 유방의 충신. 한나라를 세우는 데 큰 공을 세웠다.
※ **공명(孔明)** — 삼국시대 촉한의 유명한 정치가이자 지략가인 제갈량(諸葛亮)의 자(字).

아름다운 여인으로 다시 태어나다

한편 막씨는 금령을 잃고 밤낮으로 슬픔에 잠겨 있었다. 장원 부부 또한 슬퍼해 마지않았다. 그러던 어느 날, 막씨가 가 부인과 마주하여 밤 늦도록 서로 이야기하고 있는데, 홀연 금령이 문을 열고 굴러 들어오는 것이 아닌가. 모두가 반가움을 이기지 못하여 금령에게 달려들어 끌어안았다. 그 기쁨이 이루 다 헤아릴 수 없을 정도였다. 두 부인이 종일토록 금령을 안고 즐기다가 날이 저물었다. 그래도 두 사람은 헤어지지 않고, 밤이 깊도록 금령을 무릎 앞에 둔 채로 이야기를 계속하였다. 그러다 이날 밤 둘이 동시에 꿈을 꾸었다.

꿈속에 선관 한 사람이 하늘에서 내려와 말하였다.

"그대 두 사람의 모질고 사나운 운이 다하였도다. 오래지 않아 그대의 자식을 만날 것이다. 이 길로 지나갈 것이니 때를 놓치지 마라."

선관이 또 막씨를 돌아보며 웃으면서 말하였다.

"그대는 아마 딸의 얼굴을 보면 자연스럽게 알 수 있을 것이니라."

그리고 선관은 금령에게 말하였다.

"너는 이제 인연이 다하였으니, 인간 세상에서의 부귀영화가 더할 수 없이 좋으리라."

선관이 금령을 어루만지니, 문득 방울이 터지며 아름다운 선녀 하나가 나왔다.

"우리가 십육 년 전에 주었던 보배들을 돌려줄 때가 왔느니라."

그러자 선녀가 다섯 가지 보배를 다 내어 올렸다. 선관이 받아다 저마다 소매에 넣고 공중으로 훌쩍 올라갔다.

부인들이 놀라 눈을 뜨고 깨달으니, 침상에서 잠깐 꿈을 꾼 것이었다. 괴이히 여기며 서둘러 일어나 금령을 찾았다. 그런데 금령은 온데간데 없고, 난데없는 여인 하나가 곁에 앉아 있는 것이 아닌가. 놀랍고 괴이하여 자세히 보니, 과연 방금 꿈에서 보았던 그 선녀였다. 아름다운 얼굴과 붉은 입술, 하얀 치아며 온갖 아름다운 자태가 사람의 정신을 빼앗을 정도이니, 진실로 하늘이 내린 미인이라 할 만하였다. 막씨가 한번 보고는 정신이 황홀하여 어찌할 줄 몰라 하며, 어린 듯 취한 듯 금령을 바라보기만 할 따름이었다.

이때 장원이 외헌에 있다가 이 소식을 듣고, 괴이하기도 하고 신기하기도 하여 급히 내당으로 들어왔다. 장원이 보니 꽃 같은 용모와 달빛을 머금은 것같이 빛나는 자태가 아름답고 반듯하여 예부터 이제까지 든

던 바도 처음이요, 보던 바도 처음이었다. 기뻐하고 즐거워하며 새로 이름을 지어 '금령 소저'라 하고, 자를 '선아'라 하였다. 금령 소저에게 전후에 있었던 일들을 물으니, 그 내용은 이루 다 기록할 수 없을 만한 것이었다. 이에 모두가 하늘의 뜻에 감사를 올리고, 헤아릴 수 없이 즐거워하였다.

이때 금령이 모친 막씨께 고하였다.

"이제 우리 집으로 돌아가사이다."

막씨가 기특하게 여겨 즉시 금령을 데리고 집으로 돌아왔다. 가 부인도 금령 모녀를 따라와 일시도 떠나지 아니하고 함께하였다.

방울방울 금방울,
사람으로 변해라 얍!

금방울이 드디어 아름다운 여인으로 변했다. 이렇게 제 몸의 형태를 바꾸는 것을 변신이라고 한다. 변신에는 금방울처럼 전혀 다른 형태로 모습이 바뀌는 것도 있고, 홍길동이나 전우치처럼 술법을 써서 몸을 감추거나 바꾸는 것도 있다. 또 죽어서 돌이 되거나 꽃이 되는 경우도 있다. 우리 문학 속 변신 이야기에는 어떤 것이 있는지, 동서양의 변신 이야기에는 어떤 차이가 있는지 살펴보자.

⊛ 우리나라 변신 이야기들의 종류와 기능

〔 신화 속 변신 〕

이규보의 「동명왕편」에 보면, 해모수가 하백의 딸인 유화를 꾀어냈을 때 하백이 노하여 해모수를 시험하는데, 이때 하백과 해모수의 변신술 대결이 벌어진다. 하백이 잉어로 변하면 해모수는 수달이 되고, 하백이 꿩이 되면 해모수가 매가 되어 뒤쫓는 능력을 보임으로써 마침내 하백의 인정을 받게 된다. 신화에서 나타나는 이러한 변신 능력은 주인공이 평범한 존재가 아니라, 초월적 존재임을 증명하는 것과 관련된다.

〔 전설이나 민담 속 변신 〕

인간의 간절한 마음이 변신이라는 형태로 나타나는 경우도 있다. 우리 전설 가운데 신라 시대 박제상의 아내가 일본으로 태자를 구하러 간 남편을 기다리다 돌이 되었다는 이야기가 있다. 돌아오지 않는 남편을 향한 간절한 마음이 이 여인을 돌로 변하게 한 것인데, 독자로 하여금 큰 감동을 받게 한다. 우리 전설과 민담에는 이런 이야기가 많이 나온다. 사랑하는 사람이 죽은 줄 알고 따라 죽은 어느 여인의 무덤에 핀 꽃에 관한 이야기(백일홍 전설)나 자식들 뒷바라지에 한평생 고생만 하다 돌아간 어느 할머니의 무덤에 핀 꽃에 관한 이야기(할미꽃 전설)처럼,

사랑하는 사람에 대한 그리움과 자식들을 두고 떠난 할머니의 안타까움이 이들을
꽃으로 피어나게 한 것이다.

《 고전 소설 속 변신 》

고전 소설 속에 나타나는 변신은 몸의 형태를 완전히 바꾸는 '허물벗
기'형, 술법을 써서 마음대로 몸을 감추거나 다른 형태로 몸을 바꾸
는 '둔갑(遁甲)'형, 그리고 남성이 여장을 하거나 여성이 남장을 하는
'변복(變服)'형이 있다.

『금방울전』과 『박씨전』은 허물벗기형 변신을 보여 주는 대표적인 사례이
고, 『홍길동전』과 『전우치전』은 둔갑형의 대표적인 사례이다. 변복형에는
『옥주호연』, 『홍계월전』, 『방한림전』 들이 있는데, 주로 남자가 여장을 하는
경우보다 여자가 남장을 하는 경우가 많다. 이는 여성의 사회 활동이 제한
되어 있던 조선 시대의 사회 구조를 반영한다고 볼 수 있다.

독자들은 소설 속 주인공들이 변신을 통해 사회적 제약에서 벗어나 자유롭게 욕망
을 실현하는 것을 보면서 대리 만족을 느꼈다.

동양과 서양의 변신

동양에는 신선, 신출귀몰하는 귀신, 환술을 부리는 도사, 둔갑하는 여우 이야기 같은 환상적인 이
야기들이 많다. 동양의 변신 이야기를 보면 변신은 대개 자의에 의한 것, 자연스러운 것으로 표현
되어 있다. 기의 수련을 통해 변신 능력을 갖게 되기도 하고, 오래 묵어서 저절로 다른 존재로 변
하기도 한다. 신선이나 하늘의 명에 의해 그 모습이 변하는 경우에도 그것이 불행을 의미하기보
다는 더 나은 결과나 중요한 성취를 얻기 위한 시련의 과정인 경우가 많다.

하지만 서양의 변신 이야기는 사뭇 다르다. 유럽의 신화나 민담에서 변신은 외부의 자극에 의해
서 일어난다. 누군가의 저주에 의해서 일어나거나, 신에게 벌을 받아 일어난다. 신의 영역과 인간
의 영역이 철저하게 구별되어 있다는 생각이 전제되어 있기 때문에, 변신이란 신에게 복종하지
않거나 저항하는 인간이 처하게 되는 비극적 운명의 징표가 된다.

부모를 다시 만난 해룡

이때 나라에 흉년이 들어 인심이 매우 불안정하였다. 그리고 곳곳에 도적이 벌 떼처럼 일어나 백성들을 죽이고 재물을 탈취하며 대낮에 길 위에서 노략질하기를 예사로이 하였다. 하지만 지방에서 이를 쉽게 제어하지 못하거늘, 황제가 이 소식을 듣고 깊이 근심하였다.

이때 위왕이 엎드려 아뢰었다.

"신이 나이 어리고 재주는 없사오나, 한번 나아가 백성들의 소란을 안정시키고, 폐하의 근심을 덜도록 도적을 타이르겠나이다."

황제가 기뻐하사 즉시 위왕을 '순무도찰어사'로 삼으시고 그날로 떠나게 하였다. 장 어사가 황제의 은혜에 감사하며 절하고 나오는데, 황제가 다시 장 어사의 손을 잡고 웃음을 띤 얼굴로 격려하였다.

"경이 나아가 주현을 어루만져 위로하고 백성들을 진정시킨다면, 어찌 큰 공이 아니리오?"

장 어사가 물러 나와 황후께 하직 인사를 고하고, 공주와 작별 인사를 나눈 후에 행차를 출발하였다.

길에 올라 각 읍을 순찰하며 백성들을 위로하고, 창고를 열어 가난을 구제하였으며, 도적을 어짊과 의로움으로 깨닫도록 타일러 상과 벌을 분명히 하였다. 그러자 지나가는 곳마다 군현의 백성들이 풀이 바람에 숙이듯 엎드려 복종하였다. 또한 백성들이 기쁘게 복종하여 불과 수년 만에 민심이 진정되었다. 그리하여 길에 떨어진 물건을 주워 가는 이가 없고, 도적 떼가 없어 밤에 문을 닫지 않아도 되는 태평한 시절을 누리게 되었다. 이에 백성들은 격양가를 부르며 장 어사의 은혜와 덕을 칭송하였다.

이러구러 여러 해가 흐른 뒤 장 어사의 행렬이 남정을 지나다가 장삼의 묘를 지나가게 되었다. 장 어사는 지난날이 생각나 가슴이 아프고 사무치게 슬펐다. 묘 앞에 나아가 제문을 지어 제를 올리니, 눈물이 소맷자락을 적셨다.

장 어사는 제를 마치고 태수에게 청하였다.

"장삼의 묘에 비를 세우고, 산소를 매만지고 다듬어 소나무와 대나

※ **위왕** — 앞에서 황제가 해룡을 '정북장군 위국공 좌승상'에 봉하였으므로 해룡을 가리킨다.
※ **주현(州縣)** — '주'와 '현'을 아울러 이르는 말.

무를 많이 심어라. 지난날 길러 준 은혜에 대한 정을 표하고자 하노라."

태수가 즉시 역군을 지휘하여 삼일 내에 묘를 다듬고 가꾸게 하였다.

또 하인을 시켜 소룡을 찾아보도록 하였다. 이때 소룡은 형세가 점점 빈궁해져서 정처 없이 떠돌아다니며 빌어먹고 있었다. 장 어사가 이 소식을 듣고 처량하고 슬픈 마음을 억누를 길 없어 변씨 모자를 불러 오게 하였다. 이윽고 변씨 모자가 영문을 모르고 관아에 이르렀다. 마당에 서서 우러러보니 당상에 높이 앉아 있는 이는 곧 해룡이 아닌가. 변씨 모자가 두려움에 몸을 떨며 엎드려서 지은 죄를 빌었다. 장 어사가 그들을 보고 불쌍히 여겨, 친히 내려가 붙들어 올려서는 자기 옆 자리를 내어 앉게 하였다. 그리고 그간 겪은 고생을 물으며 좋은 말로 위로하였다. 변씨 모자는 황공하기 그지없어 눈물만 비 오듯 흘리며 말을 하지 못하였다.

장 어사가 지난날의 일을 조금도 개의치 않으니, 변씨 모자는 감격을 이기지 못하고 오직 스스로 잘못을 뉘우치며 자책할 뿐이었다. 장 어

사가 본관에게 돈 반 관과 비단 백 필을 얻어
서 변씨 모자에게 주며 말하였다.

"이것이 약소하오나 십삼 년 동안 길러 주신 은혜에 감사를 표
하려 하는 것이니, 이 땅에서 살고 해마다 한 번씩 나를 찾아와 주시
오."

해룡이 떠나가니 변씨 모자가 멀리까지 나와 배웅하였다. 변씨 모자
는 남방의 갑부가 되었고, 어사의 덕을 못내 잊지 못하였다. 이에 보는
사람마다 장 어사의 후덕함에 대해 말하니, 이웃 사람들 가운데 공경
하고 우러러보지 않는 이가 없었다.

이후 장 어사가 서울로 향하여 가다가, 뇌양현을 지나게 되었다. 뇌
양에 이르러 객사에서 숙소를 정하여 묵었다. 장 어사는 처소를 정하
고 나서 본관과 더불어 이야기를 나누었다. 둘은 자연스럽게 뜻과 기
개가 잘 맞아 밤늦도록 이야기를 하다가 헤어졌다.

본관이 돌아간 후, 장 어사는 어쩐 일인지 마음이 복잡하여 잠을 이

루지 못하고 뒤척이다 잠깐 졸았다. 비몽사몽 간에 머리털이 하얗게 센 노인이 눈앞에 나타나더니 말하였다.

"그대 비록 어린 나이에 영특하고 용기가 뛰어난 영웅으로서 이름을 세상에 날리고 위세를 천하에 떨쳤으나, 낳아 주신 부모를 곁에 두고 찾지 아니하여 평생 죄인이 되고자 하는구나. 이는 정성이 부족하여 자식 된 도리를 다하지 못하는 것이니, 부끄러워할 일이로다."

장 어사가 이 말을 듣고 슬픔을 이기지 못하여, 노인을 붙잡고 다시 물으려 하였다. 그러나 잠깐 사이에 노인이 보이지 않아 깨달으니 꿈을 꾼 것이었다. 이상하게 여겨 다시 잠들지 못하고 거닐다가 본현으로 들어갔다.

본관이 놀라 당 아래로 내려와 영접하였다. 동헌에 앉아 말을 나누는데, 장 어사가 문득 보니 벽에 걸린 족자가 자기 주머니에 들어 있는 족자와 똑같은 것이 아닌가. 장 어사가 자세히 보고 크게 의심스러워하며 물었다.

"족자의 그림이 이상합니다. 무슨 의미가 있습니까?"

본관이 처량하고 슬픈 빛을 띠며 말하였다.

"이 늙은이가 늦게야 아들 하나를 낳았는데, 난중에 잃은 지 십팔 년이 되었습니다. 생사를 알지 못하여 밤낮으로 뼈를 깎는 아픔이 있었습니다. 그런데 마침 신이한 인물을 만나, 제 사정을 알고 저 그림을 그려 주었기로 걸어 두고 보나이다."

장 어사가 이 말을 듣고 즉시 금 주머니를 열어 족자 하나를 내어 걸었다. 본관이 보니 두 족자가 한 치의 어긋남 없이 똑같았다. 두 사람다 의심하며 이상하게 여겼으나, 뚜렷한 표적이 없어 서로 말을 꺼내지 못하고 주저하였다. 그러다 본관이 어사에게 먼저 물었다.

"그 족자는 어디서 났습니까? 저에게도 이상하고 희한한 일이 있으니, 조금도 숨기지 마시고 자세히 말씀해 주십시오. 혹 의혹이 풀릴까 싶습니다."

장 어사 또한 신기하게 여겨 자기의 자초지종을 일일이 다 고하였다. 금령의 조화로 출세하여 이름을 세상에 떨치고 귀하게 된 일이며, 나중에 금령이 갈 때에 족자를 주고 간 사연을 낱낱이 말하였다.

본관이 이 이야기를 귀 기울여 듣고, 어린 듯 취한 듯 어찌할 줄 몰라 하였다. 마침내 다 듣고 난 본관이 목이 메어 말하였다.

"나도 금령에 대한 이야기가 있소이다. 이 족자도 금령이 물어 온 것이오. 금령을 여러 해 동안 보지 못하였는데, 이제 돌아와서 허물을 벗으니, 세상에서 보기 드문 대단한 미인이더이다."

또 이어서 말하였다.

"내 아이는 등에 일곱 개의 사마귀가 북두칠성 모양을 이루고 나 있으니 이를 보면 알 수 있습니다."

장 어사가 이 말을 듣고 말을 잃고 통곡하거늘, 본관도 함께 통곡하였다. 부인이 또한 내달아 나와 세 사람이 일시에 부둥켜안고 함께 어우러져 통곡하였다. 이 어찌 슬프고 또 기막히지 아니하겠는가. 해와 달이 빛을 잃고, 산천의 나무와 풀이 눈물짓는 듯하였다.

이때 온 읍에 이 소식이 전해지니 누군들 신기하게 여기지 않고, 이상하게 여기지 아니하리오.

장 어사가 울음을 그치고 무릎을 꿇으며 고하였다.

"소자가 정성이 부족하여 이제야 부모님을 만나 뵈오니 그 죄는 만 번 죽어도 부족할 것이옵니다. 하지만 하늘이 살피시어 우리에게 금령을 보내 주셔서, 이런 감격스런 일이 있게 되었나 봅니다."

장원 부부도 고개를 끄덕였다.

"이제 금령이 여인의 모습으로 돌아왔다 하오나, 그간의 지낸 일을 생각하여 소자가 한번 만나 보고자 하나이다."

장 어사의 말에 장원과 가 부인이 그제야 비로소 정신을 차리고 말하였다.

"이렇게 기쁘고 즐겁고 신기한 일은 세상에서 듣지도 보지도 못했던 일이리라. 네가 금령을 보고자 함이 이상한 일은 아니지만, 여자의 몸가짐과 남자의 도리에 맞지 않는 일이니 후일을 기약하는 것이 좋겠구나."

어사 또한 그렇게 여기고, 이 사연을 글월로 적어 황제가 계신 서울로 밤을 새워 달리게 하여 보냈다.

전생에서 못다 한 인연을 다시 잇다

한편 황제가 장 어사를 보내고 밤낮으로 소식을 기다리다가, 장 어사가 올린 글월을 보고는 크게 기뻐하였다.

"위왕이 천하를 두루 돌아 부모와 금령을 찾았으며, 금령이 또한 본래의 모습으로 돌아왔다 하니, 이는 사람의 힘으로는 꾸며 낼 수 없는 일이다. 이는 반드시 하늘이 정하신 일이로다."

황제가 내전에 들어가 말하니, 황후와 공주 또한 말할 수 없이 기뻐하였다.

"금령은 하늘이 내신 것입니다. 이제 하늘의 뜻에 순응하고 백성의 뜻에 따라야 할 것입니다. 그렇지 않으면 은혜를 저버리는 일이라 화를 입게 될 것입니다. 이제 금령의 혼인은 성상과 모후께서 주관하시어 그 공을 갚는 것이 옳을까 하나이다."

황제 또한 공주의 말이 옳다고 여겼다. 이에 궁녀 수백 명과 황문시랑에게 바로 명하였다.

"위엄을 갖추어 여행할 차림을 준비하고 오늘 즉시 떠나라."

또한 금령을 황후의 양녀로 삼고자 친필로 직접 써서 '금령공주'라 하고, 또 막씨를 '대절지효부인'으로 봉하였다. 장원 부부는 원나라 조정의 충신으로 그 마음이 굳어 벼슬을 받지 않을 것이라 여겨, 위왕에게 그 뜻을 권유하도록 하였다.

황제의 명을 받은 황문시랑과 수백 명의 궁녀들이 위엄을 갖추고 행차하여, 여러 날 만에 뇌양에 이르렀다. 황제가 내린 조서와 직접을 전한 후 곧바로 막씨의 처소로 향하였다. 근처에 이르자 막씨가 크게 놀라 어찌할 줄 모르고 갈팡질팡하였다. 이에 금령공주는 낌새를 알아차리고 모친께 나아가 공손히 여쭈었다.

"저기 오는 일행이 우리 집으로 올 것이니, 모친은 정당에 위엄 있게 앉아 계십시오. 각별히 조심하여 남의 웃음을 사지 않도록 하소서."

과연 이 말이 채 끝나기도 전에 상궁과 시녀가 황제가 내리는 신분이 적힌 명첩을 올리며 들어와 인사하였다. 이어 상궁 시녀들도 뒤따라 들어와 문안하고, 공주의 직접과 부인의 직접을 드렸다. 공주가 상을

※ **황문시랑(黃門侍郞)** — 내시 가운데 높은 지위에 있는 사람.
※ **직첩(職牒)** — 조정에서 내리는 벼슬아치의 임명장.

차려 향을 피우고, 직첩을 받들어 북쪽을 향하여 네 번 절하였다. 이어 부인과 공주를 모시러 온 궁녀들이 쌍쌍이 들어와 예를 표하였다. 그리고 상궁이 '공주와 부인을 바삐 모셔 오라.'고 한 황제의 명을 전하였다.

막 부인과 공주가 지체하는 것이 도리가 아닌 줄 알고, 즉시 황금으로 장식한 가마에 올라타 길을 떠났다. 궁궐로 가는 행차의 거룩함과 빛남이 말로 다 표현하기 어려울 정도였다.

장원 부부 또한 길을 떠나니, 위왕이 모시고 따라가며 서울로 향하였다. 길가의 구경하는 사람들 중에 이 광경을 보고 칭찬하지 않는 이가 없었다. 출발한 지 여러 날 만에 서울에 도착하여, 곧바로 대궐로 향하였다.

위왕 부자는 황제를 뵙고 은혜에 대한 감사 인사를 하였다. 그리고 금령공주와 막씨 부인, 가씨 부인 또한 대궐 안으로 들어가 황후를 찾아뵈었다. 황제와 황후가 금선공주를 데리고 칭찬을 이어 가던 중에, 금령공주를 반기며 손을 잡고 무척 마음에 들어 하였다.

금선공주와 금령공주의 아름답고 우아하며 법도에 맞는 태도가 마땅히 사모할 만하였다. 둘은 서로 손을 잡고 혈육같이 가까이 지내게 되었다. 이에 황제가 바삐 명을 내렸다.

"예부는 택일하라. 또 호부는 잔치를 준비하라."

그러고는 친히 전에 나아가 부마를 맞이하며 벼슬아치들의 축하를 받았다. 예로부터 이런 영화는 다시 보기 힘든 희한한 것이었다.

위왕이 이에 신랑의 예복을 갖추어 입고 내전에 들어가 금령공주와

혼인의 예를 마치고 돌아왔다. 또한 금선공주의 친영도 그날이었다. 시부모께 먼저 예물을 올린 뒤, 두 공주가 쌍으로 들어가 예식을 마치고 자리에 앉았다. 그 빼어나고 아름다운 태도가 눈에 부시고, 온 자리에 밝게 빛났다.

장원 부부와 막씨 부인, 함께 자리한 존귀한 사람들 모두가 만족하며 비할 데 없이 즐거워하였다. 또 두 공주가 황제와 황후를 찾아가 뵈니, 화려한 태도며 고운 얼굴과 아름다운 덕행이 황제와 황후의 마음을 아주 기쁘게 하였다.

종일토록 즐기다가 해가 기우니, 촛불을 들고 위왕을 인도하여 금령공주의 방으로 들어가게 하였다. 그리고 화촉을 밝히고 합방하는 첫날 밤의 예를 갖추도록 하였다. 위왕 부부는 밤이 깊도록 전날의 일을 이야기하다가, 촛불을 끄고 왕이 공주의 고운 손을 이끌어 침상으로 나아갔다. 마음속에 새긴 깊은 정이 산과 바다와 같이 크고 넓었다.

다음 날 두 공주가 시부모께 아침 문안을 올리니, 시부모의 아낌과 귀하게 여김이 이보다 더할 수 없었다. 처소를 정할 때 응운각에는 금선공주가 지내게 하고, 호월각에는 금령공주가 있게 하였다. 그리고 상궁과 시녀도 저마다 처소를 나누어 있게 하였다. 왕이 밤이면 두 공주와 즐기고 낮이면 부모를 모시고 즐겼다. 막 부인도 그중에 같이 지내며 즐거움을 나누었다.

이러구러 세월이 물처럼 흘렀다. 흥이 다하면 슬픈 일이 닥치는 것은 예나 지금이나 예사로운 일인지라, 장원이 홀연 병을 얻어 아무 약도 듣질 아니하였다. 위왕이 지성으로 간호하였지만 마침내 세상을 이

별하니, 장원의 나이 칠십육 세였다. 자녀들의 망극한 슬픔을 어찌 다 기록하겠는가. 장례를 극진히 차려 모시고 선산에 안장하고 돌아와 삼년상을 지성으로 지냈다. 그 후 문득 가 부인도 이어서 세상을 떠나니, 위왕이 더욱 하늘이 무너지듯 슬퍼하며 선산에 합장하고 삼년상을 극진히 지냈다. 막 부인 또한 세상을 떠나니, 위왕이 상례를 극진히 차려 모시고 새 산을 구하여 안장하였다.

이후로 위왕은 복되고 영화로운 삶을 누려 자손이 가득하니, 금선공주는 일남 이녀를 두고 금령공주는 이남 일녀를 두었다. 자녀들이 다 부모의 모습을 고루 닮아 하나하나 옥 같은 군자요, 교양과 예의를 갖춘 미인이었다. 장자의 이름은 '몽진'이니 금령공주가 낳은 아들이요, 차자의 이름은 '몽환'이니 금선공주가 낳은 아들이요, 삼자의 이름은 '몽기'니 금령공주가 낳은 아들이었다. 장자 몽진은 이부상서로 있고, 차자 몽환은 병마도총도위로 있고, 삼자 몽기는 한림학사에 있어 다 각각 중한 벼슬을 맡았다. 세 딸은 이름나고 크게 번창한 집안과 인연을 맺어 재주가 뛰어난 훌륭한 신랑을 맞이하였다. 저마다 집안에 화목한 분위기가 가득하고 근심이 없어 편안한 나날을 보냈다. 여러 자손이 저마다 아들딸을 두었으니, 자손이 번성하고 복과 영화가 가득하여 부러워할 것이 없었다.

하루는 위왕이 후원에 이르러 두 공주와 더불어 한가롭게 거닐고 있었다. 그런데 문득 오색구름이 어리더니 천둥과 벼락이 쳤다. 위왕이 괴이하게 여겨 안으로 들어가려 하였는데, 공중에서 구름이 가까이 내려오더니 세 사람을 오르라 하였다. 이에 세 사람이 일시에 신선이 되

어 하늘로 올라갔다.

　여러 자녀가 아버지가 돌아오지 않음을 이상하게 여겨 후원으로 가
보았다. 아버지와 두 어머니는 온데간데없는데, 다른 풍경은 모두 다
그대로였다. 할 수 없이 선산에 시신 없는 장례를 치르고 아침저녁으
로 제사를 극진히 지냈다. 그리고 자손들도 대대로 복되고 영화로운
삶을 누렸다.

　이후의 일은 별전이 있기로 대강 기록하여 알게 하니 두루 볼지어다.

남자보다 못한 것 하나 없어라!

조선 후기에 크게 유행했던 소설들 가운데 능력 있는 여성을 주인공으로 삼아 이들의 영웅적 활약상을 보여 주는 작품을 '여성 영웅 소설'이라고 한다. 고전 소설 속 영웅은 단순한 개인이 아니라 그 시대 사람들이 바라는 이상적인 삶을 살아가는 인물이다. 그렇기 때문에 여성 영웅 역시 조선 시대의 일반적인 여성으로 살아가기보다는 전쟁에 참여한다든지, 과거를 통해 벼슬길에 나간다든지 하는 남성적인 삶에 참여하는 모습으로 그려진다.

여성 영웅 이야기엔 어떤 것들이 있는가?

【 박씨전 】

박씨는 본래 신통한 능력과 덕을 지녔으나 못생긴 얼굴 때문에 모든 사람들한테 외면당한다. 그러다 때를 만나 아름다운 여인으로 다시 태어나서 남편을 도와 나라를 침략한 오랑캐를 무찌르고 국난을 극복한다. 남다른 능력을 보이지만 못생긴 얼굴 때문에 외면당한다는 이야기가 인상적이다.

【 홍계월전 】

홍계월은 어렸을 때 부모와 헤어지고, 곽 도사의 도움으로 겨우 목숨을 건진다. 그 뒤로 남장을 하고 이름도 홍평국으로 바꾼 채, 곽 도사 문하에서 보국과 함께 학문과 무예를 닦는다. 보국보다 능력이 뛰어난 계월은 나라에 큰 공을 세우고, 부모도 다시 만나게 된다. 계월은 여자로 태어난 자신을 한탄하면서도 탁월한 능력으로 남성보다 우위에 서고자 하는 욕구를 분명하게 드러내는 주인공이다.

【 방한림전 】

주인공 방관주는 늙은 부부의 외동딸로 태어난다. 어려서부터 남자 옷을 입고, 남자 행세를 했으며 여덟 살에 고아가 된 뒤로는 남자로 자랐다. 과거에 급제해 한림학사가 되자 영의정의 딸 혜빙과 혼인을 한다. 혜빙 또한 남자와 혼인할 마음이 없는 사람이라, 두 사람은 평생토록 비밀을 지키며 좋은 벗으로 지낼 것을 약속한다. 많은 공을 세우고, 영예를 누렸으나 음양의 질서를 혼란케 하였기에 부부가 함께 마흔이 채 못 되어 죽는다. 여성 영웅이 남장을 하는 경우는 종종 있지만, 여인끼리 혼인을 하는 경우는 아주 드문 예라 하겠다.

박씨

여성 영웅은 왜 모두 아름다운가요?

고전 소설 속 영웅은 단순한 개인이 아니라, 그 시대 사람들이 바라는 이상적인 삶을 살아가는 사람이에요. 뛰어난 능력과 아름다운 외모를 갖고 싶은 마음이야 옛사람이나 요즘 사람이나 똑같기 때문에, 당연히 영웅들은 능력도 외모도 보통 사람보다 뛰어나야 한다고 여겼죠. 다만 아름다움에 대한 기준은 시대마다 다르기 때문에 과거에는 요즘처럼 키 크고, 얼굴 작고, 마른 사람을 미인이라 하지 않았어요. 조선 시대만 해도 일 잘하고, 아이 잘 낳는 게 중요했기 때문에 몸이 마르고, 키가 큰 여자는 미인이 될 수 없었어요. 그렇다면 저나 금방울은 어떻게 생겼을까요? 좀 작고 통통한, 아주 건강한 여자가 아니었을까요?

여성 영웅이 남장을 하는 이유는 뭔가요?

여성 영웅 소설에는 여주인공이 남장을 하고 전쟁에 참여하거나 벼슬을 하는 모습이 자주 나와요. 여성이 남장을 하는 것을 '여화위남(女化爲男, 여자가 변하여 남자가 됨)'이라고 하는데, 오늘날의 트랜스젠더처럼 생물학적으로 남자가 되는 것은 아니고, 그저 남자 옷을 입는 것을 말해요. 조선 시대에는 여성의 사회 활동이 금지되어 있었기 때문에 어떤 식으로든 사회 활동을 하기 위해서는 남자의 모습을 할 수밖에 없었던 것이지요.

홍계월

방관주

여성 영웅은 반드시 혼인을 해야 하나요?

조선 시대 여성의 소임은 사회적 성취를 하는 것이 아니라 현모양처로서 남편과 자식의 뒷바라지를 하는 것이었어요. 혼인과 출산은 여성의 의무였죠. 그래서 조선 시대 여성이 혼인을 하지 않고 혼자 산다는 것은 불가능한 일이에요. 비록 그 시대 여성들의 꿈을 반영해 사회적 대업을 이루는 여성 영웅이 등장하기는 하지만, 결말에서 이들은 다시 가정의 울타리 안으로 돌아가는 모습을 보여 줘요. 어쩌면 이것 때문에 남녀 차별 의식이 팽배한 사회 분위기에서도 여성 영웅 소설이 대중에게 받아들여질 수 있었는지도 몰라요.

『금방울전』깊이 읽기

시련을 극복하고 허물을 벗은

아름다운 영웅, 금방울

동화 같은 이야기 『금방울전』

『금방울전』은 처음 읽을 때도 낯설지 않고 친숙하게 느껴지는 이야기입니다. 이 친숙한 느낌은 어디서 오는 것일까요? 아마도 어린 시절에 『금방울전』을 그림책으로 읽어 보았을 수도 있고, 어디선가 금방울에 대한 이야기를 전해 들었을 수도 있겠지요. 어쩌면 이런 익숙함은 우리가 엄마나 할머니의 무릎 위에서, 또는 잠자리에서 들어 본 다른 옛이야기들과 『금방울전』이 어딘가 모르게 닮아 있기 때문일 수도 있습니다.

『금방울전』은 누구에게나 쉽게 읽히는 이야기입니다. 예쁘고 신기한 금방울이 등장하여 신기한 조화를 부리고, 무시무시한 괴물을 물리쳐 위기를 극복하며, 시련을 극복하고 사랑을 이루어 내는 이야기가 참으로 흥미진진하게 펼쳐지기 때문입니다. 이처럼 『금방울전』은 재미있고 신기한 이야기이면서, 전혀 어렵거나 복잡하지 않은 이야기입니다. 어려운 한자어로 표현되어 있거나 심오한 사상을 담고 있는 이야기도 아니고 말입니다.

『금방울전』은 소설이라기보다는 오히려 동화 같은 느낌을 줍니다. 주인공 금방울은 여러 가지 초월적인 능력을 가지고 있고, 온갖 어려움을 극복하면서 자신의 과업을 성취하는 '영웅적 인물'입니다. 그러나 여러분도 잘 알고 있는 고구려의 시조 주몽같이 보통 사람이 범접하기 어려운 위대한 영웅과는 무언가 다른 특성을 지니고 있습니다. 일단 금방울은 존재 양태 자체가 '방울'이라는 점이 특이합니다. 막씨 부인이 금방울을 낳았다는 이야기는 자연스럽게 알을 낳은 유화 부인의 이야기를 떠올리게 합니다. 또 나중에 허물을 벗고 아름다운 여인으로 변신한다는 점에선 『박씨전』의 박씨 부인과도 유사합니다. 하지만 금방울은 막 태어난 '알'의 느낌을 더욱더 강하게 가지고 있습니다. 아마 독자들의 입장에서는 이런 금방울의 생김새 때문에 이미 성장해서 자신의 세계와 능력을 갖추고 있는 성인 영웅의 모습이 아니라, 자신이 이루고 싶은 것에 대한 욕구를 가진 어린아이의 모습을 더 많이 연상하게 될 듯합니다. 즉, 금방울이라는 독특한 존재 양태가 『금방울전』의 동화 같은 느낌을 더욱 강화하고 있다고 볼 수 있는 것이지요.

물론 과거에는 어른을 위한 이야기와 어린이를 위한 이야기가 분화되어 있지 않았습니다. 그렇기 때문에 『금방울전』이 동화 같은 느낌을 준다는 것은 어디까지나 오늘날의 관점에서 바라본 것입니다. 전래동화라는 것은 동서양을 막론하고 대부분의 민중들이 낮 동안의 고된 노동을 마치고 소소한 일감을 가지고 둘러앉아서 이야기를 나누는 자리나, 더러는 휴식을 취하는 자리에서 전해지고 향유되었던 이야기들입니다. 그러니 『금방울전』이 동화처럼 느껴진다면 그것은 고급문화를 향유하는 사람들이 만들고 즐긴 이야기라기보다는 흥미로운 이야깃거리를 찾는 보통 사람들이 만들고 즐긴 이야기의 성격을 더 많이 갖고 있다는 말이 되겠지요.

다양한 이본이 증명한 『금방울전』의 인기

실제로 『금방울전』은 많은 사람들이 즐겨 읽은 이야기였습니다. 요즘이야 전문적인 작가가 소설을 쓰고, 이 소설이 얼마나 팔렸는지 일일이 통계를 내서 베스트셀러 목록을 뽑습니다만, 과거엔 그와 같은 시스템이 없었지요. 재미있는 이야기책을 빌려 읽거나, 스스로 베껴서 두고두고 읽기도 하고, 장터나 거리에 있는 책 읽어 주는 사람 앞에 쭈그리고 앉아서 이야기를 듣기도 했던 것이 조선 후기의 독서 풍경이었습니다. 따라서 당시에 어떤 이야기가 인기 있었는지는 이본의 수로 짐작해 볼 수가 있습니다. '얼마나 읽으려는 사람이 많았으면 베끼다가 달라지거나, 나름대로 수정하고 가필해 내용이 달라진 이본들이 그렇게나 다양할까?' 하고 생각할 수 있기 때문이지요.

『금방울전』도 제법 인기가 있어서 여러 이본들을 갖고 있는 책입니다. 이본이 있다 보니 제목도 조금씩 달라서, 한자로는 『금령전(金鈴傳)』이라고 표기하기도 하고, 활판본 가운데는 『능견난사(能見難思)』라는 제목으로 되어 있는 것도 있습니다. 『금방울전』은 현재 필사본 10여 종, 경판본 4종, 활판본 6종 등 20여 종 이상의 이본으로 전해지고 있습니다.

여러분께 소개한 것은 그중에서 동양문고본 『금방울전』입니다. 이 책은 1898년경 서울 향수동에 있던 세책집에서 빌려 주던 세책입니다. 요즘으로 말하자면 '도서 대여방'에서 빌려 주던 책이란 말이지요. 동양문고본 『금방울전』은 연세국학총서로 교주한 '세책 고소설 시리즈본'으로 나왔기 때문에 이 교주본의 정밀한 주석을 참고할 수 있습니다.

『금방울전』은 다행히 이본에 따른 내용의 변화가 크지 않습니다. 동양문고본이 경판본에 비해 자세한 편이라 학자들이 세책본을 바탕으로 경판본이나 활판본을 만들었을 것이라고 추측하고 있습니다. 즉, 이 책의 내용은 전해지고 있는 『금방울전』들 중에서도 내용이 가장 풍부한 편이라고 할 수 있습니다.

평범한 사람들의 이야기 '전'

『금방울전』과 같이 무슨 '전(傳)'이라는 제목이 붙은 고전 소설들이 꽤 많습니다. 이런 이야기들은 대개 인물을 중심으로 한 이야기들이고, 길이가 그다지 길지 않으면서 복잡하지 않고 흥미진진하여 많은 인기를 끌었습니다. 옛날 사대부들은 이런 이야기책들을 '전책'이라고 부르면서 '전책'보다는 '녹책'을 읽어야 한다고 주장하기도 했습니다. 무슨 '록(錄)'이라는 제목을 가진 책들을 '녹책'이라고 하였는데, 단순히 제목의 차이만 있었던 것이 아니라 '녹책'이 '전책'에 비해 사상적 깊이를 갖추고 있거나, 복잡하고 품격 있는 이야기를 담고 있다고 보았던 것이지요. 뒤집어 말하면 '전책'은 '녹책'에 비해 단순한 흥미 위주의 이야기로 여겨졌다는 것입니다.

이런 평가는 '전책'이 단순히 수준이 낮다거나 질이 나쁜 책이라기보다는 대중성을 가진 책이라는 의미로 이해됩니다. 대개 이런 이야기들은 특출한 재능과 학식을 가진 작가가 아닌 익명의 작가에 의해 지어졌고, 대중의 욕구나 소망, 그리고 이야기라는 것에 대한 대중의 이해를 반영하고 있기 때문입니다.

평범한 사람들이 '이야기란 모름지기 이런 것'이라고 생각한 내용, 또 '이야기에 등장하는 인물은 이러해야 한다.'고 생각한 내용, 그리고 '이런 이야기가 나왔으면 좋겠다.'고 생각한 내용들이 반영된 것이 이런 이야기의 특징일 것이라는 말이지요. 그러니 이런 이야기들은 자연스럽게 평범한 대중이 알고 있는 기존의 이야기들의 내용이나 구조 또는 그들의 바람이 복합적으로 담겨 있는 이야기가 될 확률이 높습니다.

『금방울전』은 맛있는 옛이야기의 비빔밥

금방울은 김삼랑의 귀신과 막씨 부인 사이에서 태어납니다. 김삼랑은 얼굴이 곱지 못하다는 이유로 아내 막씨를 버리고 다른 여자한테 가서 집으로 돌아오지 않았습니다. 그런데도 막씨는 남편을 원망하지 않고 늙은 시어머니를 극진히 모시고 효도하다가 시어머니가 돌아가시자 장례는 물론 정성을 다해 삼년상까지 치렀습니다. 이처럼 현숙하고 덕이 높은 막씨에게 하늘은 자식을 점지해 주고자 하는데, 집을 나간 남편이 난중에 죽었다는 것이 문제가 됩니다. 그러자 그 해법으로 내놓은 것이 바로 귀신 김삼랑과 막씨 사이의 사랑이었습니다.

남편이 죽었기 때문에 자식을 가지는 것이 문제가 되었던 상황. 어떻게 여기에 대한 해법이 귀신이 된 남편과의 사이에서 자식을 가지는 것이 될 수 있을까요? 두 가지 모두 상식적이지 않기는 마찬가지인데 말이죠. 귀신과 통하여 아이를 갖는 것이 가능한 해법이었던 것은 귀신과 사람 간의 사랑 이야기가 우리 조상들에게는 그다지 낯설지 않았기 때문일 겁니다. 실제로 우리 설화나 옛이야기, 『금오신화』 같은 고전 소설에는 귀신과 사람의 사랑 이야기가 심심치 않게 등장합니다. 『삼국유사』에도 그런 이야기가 나오지요. 진흥왕의 둘째 아들이자 신라의 25대 왕인 진지왕의 이야기입니다. 진지왕은 죽은 지 2년 후에 아름다운 도화녀에게 나타나 도화녀의 부모님께 정식으로 허락까지 받고 7일을 함께 지냅니다. 이때 도화녀의 집은 아름다운 오색구름이 감싸고 있었다고 하지요. 그 후 도화녀는 아들을 낳았고, 도화녀와 진지왕의 아들인 비형랑은 사람과 귀신 사이에서 태어난 존재답게 도깨비들과 놀고 도깨비를 부릴 줄 아는 사람이었다고 합니다.

말하자면 막씨가 죽은 남편과의 사이에서 금방울을 얻는 것이 상식적인 해법이라고 할 수는 없지만, 대중이 기억하는 여러 이야기들 속에서는 자주 등장하곤 했던 방식이었던 것입니다.

우여곡절 끝에 하늘이 점지해 준 막씨의 아이가 태어납니다. 그런데 막씨가 낳은 것은 사람이 아니라 금방울이었습니다. 이건 귀신과 사람 간의 사랑 이야기보다 훨씬 더 이상하고 비상식적인 일이라고 할 수 있습니다. 만일 이런 일이 실제로 일어났다고 상상해 보세요. 당장 해외 토픽에 실리고, 인터넷 검색 순위 1위에 오르면서 진위 여부에 대한 설전이 벌어질 겁니다.

그러나 이것은 어디까지나 '이야기'의 세계이니까요. 금방울의 탄생은 여러 신이한 이야기들 속에서 등장했던 알로 태어난 인물을 떠오르게 합니다. '주몽 설화'에서 유화 부인이 알을 낳았던 것처럼, 『금방울전』에서는 하늘이 점지하여 방울을 낳은 것이죠.

금방울은 알을 깨고 태어난 다른 인물들처럼 태어나자마자 금방울을 깨고 나오지는 못합니다. 오랜 시간을 들여 주어진 과업을 완수하고 나서야 비로소 방울을 열고 사람의 모습으로 태어날 수가 있었지요. 그 과업의 핵심이자 절정에 바로 해룡과 함께 요괴를 물리치는 일이 있었습니다. 기억하시나요? 금방울은 용녀의 환생이고, 그 용녀는 바로 신행길에 요괴에게 억울한 죽음을 당했잖아요. 그러니 그 요괴를 물리치는 일이야말로 용녀가 이루지 못한 인연을 이어 나갈 수 있게 하기 위한 핵심 과제가 되는 것이지요.

요괴는 깊은 산속 바위틈에 난 좁은 동굴을 따라 한참이나 기어들어 간 곳에 있는 신기한 궁에 살고 있었습니다. 해룡과 금방울은 이 궁에 들어가 요괴를 처치합니다. 물론 금방울은 요괴에게 잡아먹혀서 배 속에서 공격을 했고요.

이 신기한 이야기도 완전한 창작은 아니랍니다. 우리나라에 옛날부터 전해 내려오는 설화들 중에는 '지하국 대적 퇴치 설화'라는 유명한 이야기 유형이 있거든요. 이는 해룡이 요괴를 물리치는 과정과 아주 비슷한 이야기들입니다.

마지막으로 금방울 이야기의 대단원은 마침내 금방울이 허물을 벗고 아름다운 여인이 되어 해룡과 혼인하는 장면이겠지요. 선관들이 약속한 16년이 지났고, 금방울이 해야 할 임무를 모두 완수하고 난 이후의 일이었습니다. 생각해 보면 어떤 관문을 통과한 후에 허물을 벗고 사람이 되어 자신의 짝과 결합한다는 '변신' 이야기들은 누구나 몇 개쯤 떠올릴 수 있을 정도로 우리에게 익숙한 모티프입니다. 『박씨전』의 박씨가 흉한 허물을 벗고 아름다운 여인이 되었던 장면도 이런 모티프라고 볼 수 있겠지요?

자, 이렇게 하나하나 따져 보니 금방울의 일생이 마치 콜라주 작품처럼 이런저런 흥미로운 이야기들을 이어 붙인 것 같다는 생각이 드는군요. 이 사실이 우리에게 말해 주는 바는 무엇일까요? 아까도 이야기했듯이 『금방울전』은 어떤 학식 있는 대문인이나 천재 작가가 창작해 낸 독창적이고 작품성 있는 이야기가 아닌, 평범한 익명의 대중이 만들어 낸 이야기라는 것입니다. 즉, 대중들에게 인기 있고 잘 알려진 이야기들을 여러 개 이어 붙여서 더욱더 흥미진진한 이야기 한 편을 완성시킨 것이라고 할 수 있지요.

그러나 이런 사실이 『금방울전』의 가치를 떨어뜨린다고 할 수는 없겠지요. 유명한 요리사의 독창적인 음식도 훌륭하지만, 이런저런 평범한 반찬들을 모아서 쓱쓱 비벼 먹는 비빔밥의 감칠맛이 훌륭하지 않다고 누가 말할 수 있겠어요? 『금방울전』은 '맛있는 옛이야기의 비빔밥'이라고 할 수 있답니다.

왜 『해룡전』이 아니고 『금방울전』인가?

뭐니 뭐니 해도 『금방울전』의 성격을 한마디로 표현한다면 '여성 영웅 이야기'일 겁니다. 금방울 이야기의 뼈대는 '영웅 이야기'라고 할 수 있고, 금방울이라는 여성이 주인공인 이야기이니까 말입니다.

금방울의 삶은 전형적인 영웅의 일대기를 보여 줍니다. 본래 남해 용왕의 딸로 고귀한 혈통을 지니고 있으며, 귀신과 사람 사이에서 금방울로 태어나는 신이한 탄생 과정을 겪습니다. 게다가 하늘의 선관들에게 온갖 조화를 부릴 수 있는 초월적인 능력도 부여 받았습니다. 태어나자마자 어머니에게 버림받기도 하고 장원에게 잡혀 고초를 당하기도 하지만 이를 극복하고 해룡과 힘을 합해 금선공주를 납치해 간 요괴를 물리칩니다. 결국 금방울은 모든 위기를 극복해 내고 전생에 이루지 못한 해룡과의 인연을 완성하게 되지요.

흥미로운 것은 해룡의 일생 또한 영웅의 일대기 구조를 그대로 갖고 있다는 점입니다. 해룡도 동해 용왕의 아들로 고귀한 혈통을 지녔으며, 산길에서 요괴에게 쫓기던 자신을 구해 준 인연 때문에 인간 세상에서 장원 부부의 아들로 태어나게 됩니다. 또 어려서 난중에 부모를 잃고 죽을 위험에 처하지만, 장삼의 도움으로 살아나 그의 손에 양육됩니다. 장삼이 죽은 후 다시 장삼의 처 변씨와 그 아들 소룡에 의해 죽을 고비를 맞게 되기도 합니다. 그러나 금방울의 도움으로 목숨을 구할 뿐만 아니라, 요괴를 물리치고 금선공주를 구하여 부마가 되는 위업까지 달성합니다. 그리고 마침내 전생에서 못다 한 금방울과의 인연도 이루게 되지요.

이렇게 금방울과 해룡이 모두 영웅의 일생과 부합하는 생의 구조를 갖고 있습니다. 그런데 왜 이 이야기는 『해룡전』이 아니라 『금방울전』일까요? 왜 이 이야기는 '여성 영웅 이야기'라고 일컬어질까요? 잘 따져 보면 우리는 해룡과 금방울의 차이를 발견할 수 있습니다. 해룡의 경우를 먼저 볼까요?

해룡은 주변 인물이나 자기 자신의 판단 착오, 또는 그가 처한 상황 속에서 자연스럽게 기인한 위험에 반복적으로 노출되었습니다. 이를테면 부모가 어린아이를 혼자 두고 도망가는 바람에 의지할 곳을 잃고 죽을 위험에 처하게 되지요. 또 남의 자식이면서 가장의 사랑을 독차지하여 장삼의 처와 아들에게 미움을 받을 수밖에 없는 처지에 놓이고, 이 때문에 죽음에 내몰릴 만큼 큰 어려움을 겪게 되기도 합니다. 나중에 부마가 되어 북흉노의 난을 진압하러 갔을 때, 적의 계략에 빠져 죽을 위험에 처한 것은 해룡 자신의 판단 착오 때문이었습니다.

그런데 해룡이 이런 위험들을 어떻게 극복했는지 살펴볼까요? 부모를 잃었을 때는 우연히 만난 장삼에게 구출됩니다. 이후 변씨와 소룡에 의해 죽임을 당할 뻔했을 때는 금방울이 나타나 모든 일을 해결해 줍니다. 또한 북흉노와 대적하여 계략에 빠져 죽게 되었을 때도 금방울이 나타나 구해 줍니다. 한마디로 해룡은 우연히, 혹은 남의 도움을 받아 모든 어려움을 극복했다고 할 수 있습니다.

반면 금방울의 경우는 어떨까요? 금방울은 여러 차례 별다른 이유 없이 갑작스레 닥쳐온 위험에 처하게 됩니다. 태어나자마자 방울이라는 이유로 어머니 막씨에 의해 버려지기도 하고 태워지거나 부서질 뻔한 적도 있었습니다. 금방울이 장원에게 잡혀가 고초를 당한 일도 뜻밖에 이웃에 살던 무손이 방울에 욕심을 품었기 때문이었습니다. 또 해룡을 돕고 그와 함께 길을 떠났다가 요괴에게 잡아먹혔을 때도 예상치 못한 상황에서 갑자기 요괴를 만나는 바람에 그리되었습니다.

그럼 금방울은 어떻게 자신의 어려움을 헤쳐 나갔을까요? 금방울은 어떻게 하여도 깨뜨려지지 않고 더럽혀지지도 않는 능력을 보임으로써 자신을 해치려는 어머니의 시도를 저지했습니다. 그 후엔 자신의 능력을 이용해 어머니에게 여러 가지 도움을 드렸지요. 추우면 따뜻하게 해 드리고 나갔다 돌아올 때면 간간이 새를 잡아다 드리거나 과일을 물어 오기도 했습니다. 이런 일들을 통해 막씨는 차츰 금방울에게 정을 붙여 자식으로 사랑하기에 이릅니다.

장원 또한 금방울이 해괴하고 위험한 존재라고 생각하여 없애려고 온갖 방법을 동원했습니다. 이때 역시 금방울은 우선 자신의 능력으로 장원이 자신을 결코 해칠 수 없음을 납득시켰습니다. 그리고 결국 장원으로 하여금 금방울을 없애려는 생각을 포기하고 금방울의 존재와 능력을 인정하게 만들지요. 그런 후엔 장원의 아내를 살리는 등 장원 부부에게 극진한 정성을 다해 마침내 자식같이 사랑받는 존재가 됩니다.

요괴에게 잡아먹혔을 때에도 금방울은 요괴의 배 속에서 온 힘을 다해 공격합니다. 그래서 요괴는 엄청난 피를 토하며 괴로워하게 되지요. 해룡이 요괴를 죽였다고는 하지만, 해룡이 도착했을 때 이미 요괴는 죽어 있는 것이나 다름없는 상태였습니다. 다만 해룡이 마지막 숨을 거두었을 뿐이지요.

자, 이렇게 보면 해룡과 금방울의 차이가 드러나지요? 해룡은 예견된 고난이나 시련에 반복적으로 처하게 되는데, 그때마다 금방울을 비롯한 주위의 도움으로 요행히 고난에서 벗어납니다. 반면, 금방울은 뜻밖의 어려움이나 갑작스러운 위기에 반복적으로 처하게 되는데, 그때마다 자신의 능력과 노력으로 시련을 극복하고 인정받는 존재가 되지요. 그러니 여러분도 이 이야기가 『해룡전』이 아니라 『금방울전』일 수밖에 없겠단 생각이 들지 않나요?

여성 영웅, 금방울

금방울은 여성 영웅 중에서도 매우 적극적인 영웅입니다. 대표적인 여성 영웅 소설인 『박씨전』의 박씨와 비교해 보면 그 점이 더 확실하게 드러납니다. 박씨는 우리 소설 속의 대표적인 여성 영웅입니다. 그런데 박씨는 못생긴 외모를 가지고 있었을 때에는 아무 일도 이루어 내지 못하다가, 허물을 벗고 아름다운 여인이 되었을 때에야 비로소 타인들에게 인정받고 자신의 능력도 한껏 발휘합니다.

그러나 금방울은 금방울이라는 모습 안에 갇힌 채로도 오로지 자신의 능력과 노력만으로 주변 사람들의 인정과 사랑을 받게 됩니다. 금방울 상태에서 모든 일을 이룬 후에 그 결과로서 허물을 벗고 아름다운 여인으로 환생한 것이지요. 즉, 박씨에게 아름다움은 자신의 존재와 능력을 인정받기 위한 조건이었지만, 금방울에게 아름다움은 자신의 능력을 발휘하고 열심히 노력하여 얻은 결과인 것입니다.

여성 영웅 소설은 우리 선조들 중에서도 특히 소설의 열렬한 중심 독자층이었던 여성들의 소망이 투영된 이야기입니다. 삶과 존재의 한계가 너무나 좁고 뚜렷했던 조선 시대의 여성들에게 이런 영웅상은 사회적 자아를 실현하고,

자신들의 삶의 영역을 확장하고자 하는 소망을 반영한 것이라고 할 수 있지요. 사회적 활동이 제한되어 자아실현의 기회를 박탈 당했던 여인들이 전쟁터를 종횡무진하고 남자들을 제압하는 여성 영웅의 이야기를 읽으면서 얼마나 시원해하고, 또 한편으론 얼마나 부러워했을지 충분히 상상할 수 있습니다.

그러나 금방울 이야기를 비롯한 여성 영웅 이야기들은 분명한 시대적 한계를 보여 줍니다. 금방울은 온갖 신이한 능력을 가지고 눈부신 활약을 하였지만, 궁극적으로 그 모든 노력의 도달점에는 해룡과의 결합이 있었습니다. 자신에게 정해진, 혹은 자신에게 합당한 인물과 혼인하여 좋은 아내가 되는 것을 결말로 삼음으로써 여성 영웅 이야기가 갖는 일탈성과 창조성을 사회적으로 용인되는 울타리 안으로 안전하게 돌아오게 했던 것입니다.

자, 여러분들 모두 『금방울전』을 흥미롭게 읽었는지 궁금하군요. 여러분은 지금 어떤 어려움에 처해 있나요? 또 스스로 어떤 모습 속에 갇혀 있다고 생각하나요? 금방울처럼 씩씩하게 여러분의 과업을 해결해 나가기 바랍니다. 어느 날엔가 여러분이 갇혀 있는 지금 현재의 모습을 벗어나 눈부신 존재로 탈바꿈할 수 있게 되기를 기대해 봅니다. 소설을 읽으면서 우리가 꿈꾸는 것은 어딘가에 있을 미지의 다른 세계이기도 하지만, 지금보다 멋진 내 자신의 모습이기도 하니까요.

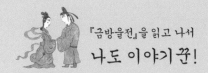

『금방울전』을 읽고 나서
나도 이야기꾼!

1 『금방울전』의 남녀 주인공을 중심으로 줄거리를 정리해 봅시다.

해룡과 금방울의 출생	동해 용왕의 셋째 아들이 해룡으로 태어나고, 남해 용왕의 딸이 금방울로 태어났다.
해룡과 금방울의 시련	
해룡과 금방울의 시련 극복	
해룡과 금방울의 혼인	

2 이야기 속에서 해룡이 고난을 겪을 때마다 금방울이 나타나 해룡을 도와줍니다. 해룡이 어떤 고난을 겪는지 정리해 보고, 이때 금방울이 해룡을 어떻게 도와주는지 정리해 봅시다.

해룡이 겪는 고난	금방울이 한 일
칡범과 호랑이를 만남	금방울이 칡범과 호랑이를 물리쳐 해룡을 구함

3 다음은 『금방울전』의 갈래를 그 내용과 형식의 특징에 따라 나눈 것입니다. 이야기 속에서 그 근거를 찾아 각각의 이유를 적어 봅시다.

『금방울전』은 영웅 소설이다.

왜냐하면 _____ 때문이다.

『금방울전』은 전기 소설(傳奇小說)이다.

왜냐하면 _____ 때문이다.

『금방울전』은 성장 소설이다.

왜냐하면 _____ 때문이다.

4 해룡은 금선공주를 납치한 괴물을 어떻게 물리쳤는지 말해 봅시다. 또 동양과 서양의 여러 영화나 이야기 속에서 여자 주인공을 납치한 괴물을 물리친 남자 주인공을 찾아보고, 이야기들의 공통점을 생각해 봅시다.

5 동양과 서양의 이야기 속에는 변신이 가능한 여러 주인공들이 등장합니다. 손오공은 자신의 머리카락을 뽑아서 분신을 만들어 내고, 홍길동 또한 다양한 모습으로 변할 수 있습니다. 그렇다면 나는 어떤 모습으로 변신하고 싶은지 말해 봅시다. 그리고 그 이유도 적어 봅시다.

6 이야기 속에서 장원 부부는 피란길에 아이를 잃게 됩니다. 부모가 아이를 찾기 위해 표시해야 할 것들이 무엇인지 떠올려 보고, 아이를 찾는 내용의 방을 만들어 봅시다.

이 아이를 찾습니다.

158

'이야기 속 이야기'의 내용을 더 알고 싶다면?

『강의실 밖 고전 여행 4』, 이강엽, 평민사, 2007

『고전소설 속 역사 여행』, 노대환 · 신병주, 돌베개, 2005

『설화와 상상력』, 오세정, 제이앤씨, 2008

『여성과 고소설, 그리고 문학사』, 박상란, 한국학술정보, 2005

『용 : 서양의 괴물, 동양의 반짝이는 신』, 타임라이프 편, 분홍개구리, 2004

『원통함을 없게 하라』, 김호, 프로네시스, 2006

『조선을 뒤흔든 16가지 살인 사건』, 이수광, 다산초당, 2006

『조선의 신선과 귀신 이야기』, 임방, 성균관대학교출판부, 2005

『한국 귀신 이야기』, 서문성, 미래문화사, 2003

『한국 소설의 변신 논리』, 김미란, 태학사, 1998

『한국의 여성 영웅소설』, 정병헌, 태학사, 2000

『한국의 전설』, 김열규, 한국학술정보, 2003